SELVA BRASIL

CB127904

Selva Brasil

Roberto de Sousa Causo

1ª edição
2010

Editora
Draco

Roberto de Sousa Causo

formado em Letras pela USP, é autor dos livros de contos *A Dança das Sombras* (1999) e *A Sombra dos Homens* (2004), dos romances *A Corrida do Rinoceronte* (2006) e *Anjo de Dor* (2009) e do estudo *Ficção Científica, Fantasia e Horror no Brasil* (2003). Seus contos apareceram em revistas e livros de dez países. Foi um dos classificados do Prêmio Jerônimo Monteiro e no III Festival Universitário de Literatura (com *Terra Verde*, 2001); e ganhador do Projeto Nascente 11 de melhor texto com *O Par: Uma Novela Amazônica* (2008).

© 2010 by Roberto de Sousa Causo

Todos os direitos reservados à Editora Draco

Edição: Erick Santos Cardoso
Produção editorial: Janaina Chervezan
Revisão: Andréia Szcypula e Karlo Gabriel
Ilustração de capa: Ericksama

Dados Internacionais de Catalogação na Publicação (CIP)
(Câmara Brasileira do Livro, SP, Brasil)

Causo, Roberto de Sousa
Selva Brasil / Roberto de Sousa Causo. – 1. ed.
– São Paulo : Editora Draco, 2010.

ISBN 978-85-62942-07-5

1. Ficção científica brasileira I. Título.

10-03063 CDD-869.9308762

Índices para catálogo sistemático:
1. Ficção científica : Literatura brasileira 869.9308762

1ª edição, 2010

Editora Draco
R. Carlos Honório, 190 - 13
Jd. Esther Yolanda - São Paulo - SP
CEP 05372-070
draco@editoradraco.com
www.editoradraco.com
Twitter: @editoradraco

SUMÁRIO

Para o “Bibão” e a Primeira Companhia (A melhor do batalhão!), 1984-85.

SELVA BRASIL

Roberto de Sousa Cauzo

ALGUM LUGAR NO AMAPÁ, 22 DE SETEMBRO DE 1993

Nosso pelotão viajava há pelo menos quarenta horas – quarenta horas sem banho, comendo ração enlatada e com a barba por fazer. Só mesmo naqueles velhos filmes americanos é que os caras conseguem ficar perfeitamente barbeados numa guerra.

A gente ia render um pelotão reforçado de infantaria motorizada. Nossa unidade tinha sido destacada pra este posto avançado que guarnece uma área fronteiriça à Guiana Holandesa e à Guiana Francesa, perto da Serra do Tumucumaque. O S-2 afirmava que a guerrilha estava aumentando por ali e por isso era conveniente uma força de reação mais efetiva, em caso de necessidade. Assim, o pessoal do BIM foi substituído pela infantaria blindada. Nessa parte do Planalto das Guianas o terreno é sólido, e não pantanoso como na bacia do Amazonas. Também tem menor presença da floresta – muito terreno limpo e elevações brandas. Os blindados podem operar, ainda que num pequeno raio de ação.

Os carros blindados de transporte de pessoal rodavam pela estradinha lamacenta aberta entre as árvores, quando o carro da Seção de Comando – em que eu estava – detonou uma mina.

Meu primeiro pensamento foi pra minha ex-mulher e o menino. Depois pensei que a gente tinha sido atingido por um foguete, mas o ruído da explosão era outro e os estilhaços vieram de baixo. Um deles me pegou nas costelas, a três dedos do peito, mas sem força pra penetrar.

Eu sempre uso o colete contra estilhaços quando embarcado num CBTP, que é a hora em que cê tá mais vulnerável a emboscadas, apesar do colete aumentar as chances de uma desidratação – a gente só se acostuma com o peso e o desconforto da coisa usando. Como vestia o colete aberto, um estilhaço de trajetória caprichosa me pegou, graças a Deus sem muita força. Sabia que outros não usavam – ouvi seus gemidos no fundo do carro blindado. Gemidos de dor e gritos de pânico.

– Tadeu! – berrei.

Só a ideia de que ele pudesse estar ferido me causou uma náusea mais forte que a dor nas costelas.

Ouvi:

– Tudo bem… Tudo bem. – Era a sua voz, rouca e vibrante ao mesmo tempo, como se tivesse cordas vocais em excesso se emaranhando na garganta; mas a voz dele, graças a Deus. – O rádio… A gente tem que checar o resto do comboio.

Era o Tadeu que eu conhecia. A responsabilidade em primeiro lugar. Talvez seja o mesmo Tadeu que *você* conhece, hein?

Agarrei meu fuzil. Se era uma emboscada, mais fogo viria – e em breve. Um jovem soldado chamado Cides começou a subir pra uma das escotilhas do teto, mas antes que conseguisse eu agarrei ele e puxei pra baixo.

– O quê?… – ele começou.

– Quer ganhar um tiro? Vai pra uma das seteiras! – ordenei.

Cides tinha no rosto aquela expressão assustada-apalermada que a gente vê nos mortos, e senti uma raiva imensa por essa estampa idiota de cadáver reservada a todos nós. Mas Cides obedeceu e eu me acalmei.

– Ninguém mais foi atingido – Tadeu informou, se acocorando ao meu lado. A presença dele transmitia segurança. – Só o nosso carro.

– Foi uma mina, Tadeu. Mas pode ter uma emboscada lá fora, de qualquer jeito. – Minha voz saiu rouca e fina, como a de um menino. Puro medo.

– Positivo. Eu já falei pra ninguém sair das viaturas.

– É bom mesmo. Só que a gente não pode ficá aqui até o fim dos tempos. Nem dá pra cuidar dos feridos aqui dentro.

Os gemidos continuavam, tinha um cheiro forte de sangue e merda dentro do blindado.

Já rastejávamos pra escotilha da ré do CBTP, os dois num único movimento, passando por cima dos feridos. Senti um tranquilo conforto, a sensação de segurança quando duas pessoas se conhecem tão bem que se movem como que guiados por um só pensamento. Sem perguntar se seria a melhor atitude, abri a escotilha de um golpe, e, apenas pra garantir, empunhei o fuzil. A escotilha girou pra fora e bateu na parede traseira do blindado com um *pangue* metálico. No mesmo segundo o som de um tiro e um ricochete – *quiuuuuumm* –, seguido duma pequena salva que nos atingiu sem maiores efeitos, pra se calar logo na sequência. A gente se protegeu no interior do CBTP.

– Alguém queimou um tiro – Tadeu comentou, a voz ainda mais calma, querendo dizer que o disparo nervoso denunciara a emboscada que cercava a gente.

– O que cê tá vendo lá fora? – perguntei.

Meus óculos estavam embaçados com a fumaça da explosão. Tirei eles e limpei as lentes na barra da gandola que aparecia por baixo do colete.

– O blindado do Reinaldo tá bem atrás da gente, uns dois ou três metros.

Recoloquei os óculos e espiei. O CBTP do cabo Reinaldo estava lá, meio embicado na direção das árvores que cercavam o caminho rasgado na mata.

Reinaldo tinha tido a reação de enfiar o blindado ali, mas o que interessava era que havia espaço embaixo dele pra abrigar alguns homens – que poderiam observar por entre as esteiras, em relativa segurança. E dois ou três metros não eram nada. Subir nas escotilhas do teto e espiar pra fora não me agradava nem um pouco. Parecia que o terreno à nossa volta era mais elevado, e além disso seria fácil ter um franco-atirador em uma árvore esperando a gente colocar o pescoço pra fora. A imagem de granadas entrando pelas escotilhas também me ocorreu. Esquisito, aliás, que o inimigo ainda não tivesse despejado tudo o que tinha contra nós. Vai ver faltava pra ele munição ou granadas, aí ele só ficava a espreita, esperando alvos melhores.

A gente precisava agir em acelerado.

Expliquei a ideia ao Tadeu e pedi que ele coordenasse os tiros a partir dos carros – se conseguíssemos uma orientação. Aí chamei esse cara, o Cides, que era atirador de arma automática de esquadra – um pesado FARA argentino –, porque eu não tinha intenção de ir pra lá desguarnecido.

Me joguei pra fora, dei um ou dois passos, saltei e rolei sobre os ombros, terminando de costas no chão lamacento, a centímetros do CBTP de Reinaldo. Dali rastejei de costas, feito uma tartaruga tombada tentando se desvirar, até o abrigo do blindado. Nenhum tiro foi dado contra mim, mas quando Cides veio, foi recebido por uma rajada de múltiplas armas disparadas de ambos os lados da trilha. Vi suas botas pisando a lama e então ele despencou no chão e rastejou desesperado pra junto de mim. Atrás dele os projéteis jogavam lama pra cima e arrancavam faíscas do blindado de comando. Porque o sol tava baixo eu pensei que vi o reflexo de alguns projéteis, em pleno ar.

Em segundos, o tiroteio se transformou em uma barragem de fogo que vinha de todos os lados. Enfiei a cara na lama, levantei o fuzil e puxei o gatilho com toda a força. Por alguma razão, parei de respirar durante alguns segundos. Só tinha consciência de estampidos e zunidos e ricochetes e de impactos que se comunicavam do blindado pro chão e do chão pro meu peito.

Ouvi algumas explosões mais fortes – granadas-de-mão, na certa –, e a terra balançou mais intensamente debaixo do meu corpo, chocalhando meus dentes. Empunhei o meu LAPA M-3. Ao meu lado Cides enfiou o FARA entre a lagarta e despejou um carregador de trinta tiros. Não tinha espaço pra que a arma ficasse na vertical e Cides deve tê-la virado com a face direita pra cima, porque os cartuchos expelidos batiam no fundo do blindado e caíam por cima da gente feito um chuveiro de rebites rubro-incandescentes – e só então notei que tinha deixado o capacete pra trás.

Me senti estúpido – tremendamente estúpido e envergonhado. Minha vida podia depender de um detalhe insignificante que eu me dava ao luxo de esquecer. O sentimento de ter a vida por um fio cresceu numa explosão, por conta da consciência disso. Uma besteira muito grande, porque se era a sua hora, com capacete ou sem capacete, com colete ou sem colete, *adiós amigos*!

Ouvi um som compassado e trovejante – disparos de uma... não, *várias* metralhadoras .50 e 7,62 milímetros. Respirando fundo, entendi que eram as nossas armas montadas sobre os blindados, despejando uma resposta contra os guerrilheiros que nos emboscavam.

Então, em questão de segundos o tiroteio arrefeceu, como uma pancada d'água aos poucos diminuindo com um som de rajadas de pingos vibrantes em telhado de zinco e aí ruídos ocos e reticentes de estojos deflagrados quicando metálicos e cliques de seletores travando armas e expirações liberadas e gemidos rasgados de dor e – graças a Deus – botas ferradas amassando barro em passos largos também esvanecentes. O inimigo recuava.

Ao sair de sob o CBTP de Reinaldo, minha memória me transportou pra um episódio da infância – uma chuva de pedras reverberando no telhado de amianto da garagem do Pai. Começou como se moleques atirassem pedras no telhado, mas foi crescendo e o chão de terra batida e pedra britada do caminho que nos separava da casa dos gêmeos Mondinis entrou em efervescência, metralhado – "que nem um saco de bagos de milho despejados" (essa eu tirei do *Grande Sertão* do Guimarães Rosa) – do alto por aquele granizo branco do tamanho de bolas de pingue-pongue. A parede dos Mondinis cuspia reboco.

Embaixo do telhado, a sensação era de que o vibrar crescente do granizo martelando o amianto se tornaria um único som totalizante – o *ohm* dos budistas – engolfando o mundo até sumir tudo em silêncio e escuridão. Juro que pensei que o mundo ia acabar e que eu acordaria em outro lugar qualquer, espremido por uma multidão de cinco bilhões de pessoas. O mais engraçado – e estranho – inquietante e talvez comprometedor foi que, quando a chuva de pedras acabou eu tava dando pulos, pulos imensos, e soltando gritos da mais pura alegria.

Quando rastejei pra fora de meu precário abrigo, eu sentia essa mesma euforia. Soltava um fôlego de vinte e oito anos como um sibilar entredentes, lutando pra não gritar com a alegria de sair ainda existindo do outro lado. Pois era assim qu'eu me sentia. Que o som da morte seguira seu caminho vibrando na atmosfera, e eu continuava ainda dono da minha consciência e individualidade.

Já participara de combates antes – umas poucas escaramuças durante patrulhas de reconhecimento. Uma vez a base onde eu tava com um pelotão de infantaria de selva foi atacado por foguetes e uns guerrilheiros tentaram penetrar no perímetro defensivo. Encontros fortuitos, na maioria, marcados por tiros aqui e ali, alguns feridos, uns poucos mortos de lado a lado. Porém nada tão arrebatador quanto essa emboscada.

O pessoal começava a deixar os blindados pelas escotilhas traseiras, correndo pras laterais da estrada a fim de prover um autoguardado pro comboio ainda imóvel. Tadeu estava ali, acenando com a mão que não segurava o fuzil, orientando os outros na tomada das posições. Caminhei até ele, enlameado até os cabelos, manchas enormes de lama obliterando minhas lentes. No fim das contas, minha ação com o Cides foi de pouca valia.

– Tudo bem com você, Causo? – o Tadeu perguntou, ao me ver.

Sorri, meio atrapalhado. O sorriso também serviu pra dar vazão à euforia. Quase caí na risada. Tadeu me olhou esquisito.

– Sem alteração – foi o qu'eu respondi. Lembrei de uma coisa: – A gente tem que tratar dos feridos, Tadeu. O que cê acha? Será que a trilha tá minada daqui pra frente – apontei pro blindado de comando –, ou os outros carros só tiveram sorte?

– Por quê? Acha que dá pra trazer o carro-ambulância pra cá?

– Melhor que levar os feridos até ele.

O carro-ambulância era o penúltimo na coluna de oito blindados. Olhei pra traseira do CBTP do comando e vi o cabo Tosta e os outros padioleiros retirando de dentro os caras que tinham sido atingidos por estilhaços. Eles saíam gritando e gemendo, com sangue por todo lado. Se a gente soubesse que tinha minas por aqui, bastava forrar o piso dos blindados com sacos-de-areia e as baixas teriam sido bem menores. Só que a gente não sabia.

– Dê a ordem pelo rádio – o Tadeu autorizou.

Subi rapidamente no teto do CBTP, pedi o microfone pro Magalhães pela escotilha do motorista e mandei o carro-ambulância se aproximar do jeito que desse, até onde estávamos. O bicho veio rugindo o motor a diesel e triturando a vegetação da beira da estrada. Eu então desci e voltei pra junto do Tadeu. Comecei a despir o colete contra estilhaços – já sentia o suor escorrendo pelas costas como um rio salgado. Sabia que Tadeu em breve – assim que sentisse o comboio fora de perigo – ordenaria uma busca na mata dos dois lados da trilha e eu não queria o colete me emperrando os movimentos e me tornando mais pesado.

O Tadeu deu um pequeno chute na lateral do CBTP.

– Essa mina fez um estrago, heim?

– Esse Charrua Quatro é uma bosta – comentei. – Eles fizeram leve pra poder andar melhor na selva, mas por causa disso a blindagem embaixo é fina demais pra segurar uma mina.

Cocei o ferimento ao lado do corpo. Tava ardendo e entorpecia toda a área em volta, como se eu tivesse levado um gancho de esquerda. Doía como o diabo. E *pesava*, inchado, me fazendo dobrar o corpo um pouco pra direita.

– Dá um tempo pros caras, Causo. Ninguém disse que tinha minas por aqui – o Tadeu falou.

– Pois o problema é justamente esse. O S-2 não sabe de merda nenhuma e aí a turma de planejamento de recursos manda pra nós um material inadequado pro tipo de missão. Cê já viu alguém do S-2 metido aqui no meio da selva, por acaso? Como é que se espera qu'eles coletem dados corretos?

Normalmente sou um sujeito quieto, mas se me excito costuma falar, e muito. (Você é assim também?) Meu principal interesse quando estou tagarelando é, como não podia deixar de ser, meter o pau no E. B. Venho fazendo isso praticamente desde que me alistei em '84 e pisei pela primeira vez na Fazenda Chapadão, em Campinas. Às vezes me sentia um pouco idiota, reclamando e criticando o tempo todo. O Tadeu tinha a sua razão – a presença de minas terrestres nesta guerra é novidade. Existe um acordo tácito entre as partes envolvidas de que minas não seriam usadas, nem armas químicas ou *napalm*. Afinal, a selva abriga índios, seringueiros, castanheiros e garimpeiros e não seria legal pra ninguém ter essa gente pisando em minas. Alguns desses grupos são economicamente importantes pra ambas as partes. (Porque a selva também abriga ouro e uma dúzia de outros minérios importantes.) Só que agora descobrimos que o inimigo resolveu usar as minas e isso complicava de modo imprevisível o cenário, quase sempre controlado, de um conflito que já tinha lá seus trinta anos de história.

De qualquer maneira, pelo momento, era melhor calar a boca e fazer o serviço.

Quando nos enfiamos na selva eu já tinha abdicado também e de uma vez por todas do capacete, metendo, ao invés, um gorro-com-pala na cabeça. Tinha limpado os óculos o melhor possível, mas chovia e a água acumulada nas folhas descia sobre a gente como cusparadas de boca cheia, tornando necessária uma cobertura.

A dor do machucado começava a retroceder porque um dos padioleiros tinha me dado uns analgésicos. Mais tarde eu ia pedir aquela injeção abençoada que mandava a dor pra bem longe, mas agora precisava dos sentidos bem acesos.

No mato, formamos uma linha de homens disposta a distância de quinze passos um do outro. Aqui a selva amazônica tem as árvores e arbustos bem espaçados, permitindo que a gente visse facilmente onde tavam os outros, mesmo na chuva e com uma certa falta de iluminação por causa da luta pelo sol que as árvores travavam, formando um teto compacto de vegetação sobre as nossas cabeças. "A natureza também está em guerra", lembrei-me de ter lido em algum lugar.

– Cuidado com armadilhas – ouvi o Tadeu dizer.

– E com minas antipessoal – eu falei, me arrependendo na mesma hora.

Não havia como realmente "tomar cuidado" com minas e o aviso só ia fazer os homens perderem a concentração. Eu e minha boca maior que o juízo.

Olhava pra frente com os olhos bem abertos, e, embora minha atenção não convergisse pra esses detalhes, podia sentir a boca aberta e os músculos ao mesmo tempo tensos-relaxados, recheados daquela espécie de suspense dos reflexos que aparecia quando eu boxeava. Os golpes precisavam sair duros mas não tensos – como um estilingue lançando uma pedra. Se os músculos eram mantidos retesados, o lutador perdia mobilidade. Em combate é a mesma coisa. Você espera o tempo todo um soco partindo do nada, mas é obrigado a manter certo nível de relaxamento. Do contrário, prejudica-se o reflexo de tiro instintivo. E se você ficasse ansioso o tempo todo, vinha o medão e acampava na sua cabeça.

No chão da floresta, misturados com as folhas, vi estojos deflagrados, os pequenos anéis que seguram juntas as munições na fita de metralhadora e até mesmo um pino de granada. Aí alguém gritou:

– Um rastro de sangue!

Tadeu foi correndo pra lá, mas eu me mantive a uma certa distância, de olhos bem atentos.

– Isto aqui some no infinito – ouvi Tadeu comentar.

O rastro continuava adiante, apontando pra direção na qual fugiram os guerrilheiros.

– *Tiene otra!* – Era o sargento Muñoz, um argentino que acompanhava a gente como observador.

Sempre havia um deles entre nós, depois que o Brasil tinha ajudado a Argentina a manter o arquipélago das Malvinas contra a primeira tentativa de retomada feita pelos ingleses. Isso foi na mesma época, pelo qu'eu sei, que a gente deu os primeiros passos pra dentro das Guianas, lá em '62, três anos antes d'eu e de você termos nascido. Mais tarde, as forças britânicas conseguiram restabelecer a posse das ilhas, a um alto custo em homens e materiais, pra todos os envolvidos. Lembrei dos nossos rapazes feridos no fundo do carro de comando. A minha geração também tem a sua parcela a pagar.

Começamos a seguir as duas trilhas de sangue descobertas. A certa altura me ocorreu que os rastros poderiam nos conduzir pruma nova emboscada, e recomendei aos outros que tivessem maior cuidado.

Não demorou, porém, pra que encontrássemos, na trilha descoberta por Muñoz, o corpo do que então pensávamos ser um guerrilheiro. Um garoto louro e barbado, o corpo contorcido embaixo de uma castanheira. Fora atingido no peito e no baixo ventre. Tinha as tripas expostas, e delas subia a pavorosa mistura de cheiros – sangue, carne aberta e fezes. Eu me mantive um passo atrás. Já vira gente morta antes, em número suficiente pra não ter mais o estômago virado, mas existe sempre alguma coisa insidiosa e deprimente na visão. Como se não fosse uma pessoa morta ali – quer dizer, o desconforto de quem observa não vem só do reconhecimento, em um semelhante, da nossa condição de mortais – quando a gente vê um corpo mutilado, dá sempre esse reconhecimento de nós no outro. Só que o que mais impressiona é a terrível sugestão de que o que foi amputado é, antes de tudo, a rede de relacionamentos que todos nós arrastamos conosco através da vida, pro futuro. Se aquele moleque tinha uma família, amigos, ideais, ambições e projetos de vida, a gente nunca ia saber.

Morrer é isso – e matar é amputar de alguém essa extensão toda da existência.

E aquele rapaz, mais novo que eu próprio, estava bem morto. Alguma coisa nele me despertou um desconforto ainda maior, motivado por um estranho reconhecimento.

Mas talvez eu ainda pudesse trazer de volta alguma coisa do que tinha sido roubado dele. Ajoelhei, protegendo a boca e o nariz com o braço esquerdo. Com a mão direita puxei minha baioneta do cinto.

– Que vai fazer, Causo? – Tadeu perguntou.

Não respondi imediatamente, começando a mexer no corpo com a baioneta, primeiro abrindo a gandola no peito ensanguentado e passando a lâmina em volta do pescoço, delicadamente, sem causar nenhum ferimento novo.

– *Procorando las plaquetas* – deduziu Muñoz.

Fiz que sim com a cabeça, sem tirar o braço do rosto. O diabo é que não encontrei nada.

– Guerrilheiro não usa plaqueta de identificação – falou Cidc.

– Por que não faz isso com a mão, invés de ficar espetando o sujeito? – perguntou um soldado chamado Capelli.

Olhei pra cara dele e vi sua expressão intrigada.

– Dá pra pegar a SIDA só de pôr a mão no sangue de um vagabundo que cê nunca viu antes – falei, a voz saindo abafada de trás do braço. – Se você rói as unhas que nem eu, o vírus entra pelas cutículas.

Eu não tinha como saber disso, mas achei melhor falar como se tivesse conhecimento de causa. Os padioleiros, pelo menos, tinham ordem pra usar luvas de látex sempre que fossem fuçar em gente sangrando. À minha volta ouvi murmúrios aprovadores.

Continuei minha procura batendo com a ponta da lâmina nos bolsos da gandola do guerrilheiro. A baioneta bateu seca na pele morta, por baixo do tecido. Nada.

– Esse uniforme parece o nosso – Tadeu comentou. – Todo rasgado e desbotado, mas bem parecido.

– É isso aí – confirmei, descendo a lâmina para os bolsos das calças.

Elas tavam remendadas e rasgadas nas costuras, mas eram, tinha certeza, o mesmo modelo de dotação do E. B.

– Será qu'esse filho-da-puta matou um dos nossos e roubou as roupas? – Capelli perguntou.

Tadeu ajoelhou-se a meu lado e me mostrou um estojo deflagrado que ele devia ter apanhado lá atrás.

– E o fuzil e a munição dele também.

Nem olhei pro estojo, que Tadeu me oferecia, com o lado da espoleta voltado pra mim. Já sabia que ali devia estar gravada a sigla da Companhia Brasileira de Cartuchos.

Não tinha nada nos bolsos da frente das calças do guerrilheiro, além de um pedaço de carne de paca defumada e umas frutinhas de açaí. Pensei em virar o corpo e procurar nos bolsos de trás, mas podia ser que ele estivesse armadilhado – uma granada sem pino, com o detonador seguro só pelo peso do corpo. Você vira o cara e... Se os companheiros desse sujeito tiveram tempo de carregar com eles a sua arma, também tiveram pra pôr uma armadilha.

Então procurei nas botas, enfiando a lâmina nos canos. Enquanto procurava, vi as plaquetas bem escondidas entre a língua de um dos coturnos enlameados e os cadarços. Cortei os cadarços e removi as plaquetas.

– *Voilá*, rapaziada. Se este cara é um guerrilheiro que matou e roubou um dos nossos, pra que ia querer guardar as plaquetas dele?

– O que você quer dizer? – o Tadeu perguntou. Só que a sua voz já antecipava a resposta.

– Que esse cara não é guerrilheiro bosta nenhuma. É só mais um soldado do Exército Brasileiro, igualzinho a nós.

O que acontece ao caminharmos no interior da floresta é essa impressão de profundo estranhamento – o que sente um animal que evoluiu em savanas, pradarias e pequenos bosques ao penetrar em um ambiente que lhe é desconhecido e adverso. É como estar em um salão interminável, amparado pelas colunas rugosas dos troncos das árvores, cujas copas formam um teto basílico lá no alto, seus galhos enroscados em chaves de luta greco-romana na busca pelo sol. No nível do chão tudo é penumbroso, pois só dez por cento de luz solar toca o solo fofo de folhas e ramos mortos. Em geral a floresta é silenciosa e a coisa mais rara é se ver um bicho qualquer, um que seja maior que uma formiga. A selva é tão vasta que até a densidade demográfica dos animais superiores é pequena. A eventualidade parece ser a marca de tudo o que se passa na selva. Os encontros e desencontros que marcam a luta pela vida são eventos extraordinários – e os atos políticos e humanos pareciam tão deslocados que nessa hora a gente duvida de tudo.

Eu andei filosofando...

O que a gente tava fazendo ali, prestes a enfrentar em combate de vida e morte outros homens, outros brasileiros?

Caminhava às vezes olhando pra cima, tentando divisar algum brilho de céu azul no recorte dos galhos, às vezes mirando os pés calçados em marcha vagarosa, outras observando meus companheiros caminhando à minha volta, sombras verde-escuras na escuridão da mata.

Tadeu se aproximou de mim, com um olhar meio preocupado, meio irritado. Eu sabia o que ia na cabeça dele.

– Tá voando, Causo? – ele perguntou.

– Só um tiquinho...

– Quer tropeçar numa armadilha?

Ele estava certo. Eu devia prestar mais atenção.

– Pode falar, Tenente. – Eu sempre o chamava pelo posto quando sabia que a conversa ia ser séria. – Eu caguei o pau lá atrás, não foi?

– Porra, Causo. Você não podia guardar pra você aquele palpite? Ou deixar pra falar comigo sozinho, mais tarde? Agora tá todo mundo com a pulga atrás da orelha. Diz pra mim o que você sente, sabendo que de uma hora pra outra pode ter que atirar num outro soldado do E. B.?

Eu apenas joguei contra ele um olhar zangado, mal percebendo que desobedecia a sua ordem.

– Imagina o que o resto do pessoal tá passando – Tadeu continuou. – O que isso significa pro moral da tropa...

Meu palpite era de que a gente não ia ter que a atirar em ninguém tão cedo. Depois da revista do soldado morto, a emboscada ao nosso comboio pareceu ser mais uma ação pra ganhar tempo. Pensei em dizer isso ao Tadeu, mas desisti. O que significava a opinião de um terceiro sargento, afinal? Ia parecer que eu tava querendo me desculpar. Além do mais, ele mesmo já devia ter deduzido a mesma coisa.

Na verdade, não sei o que me deu. Na hora que me veio a ideia de que o cara morto era um soldado do E. B., a única coisa que consegui fazer foi cutucar a ferida, pra todo mundo ver. Pra todo mundo perceber a merda em que a gente tinha se metido. A merda que é essa guerrinha morna numa floresta tropical onde, atrás da próxima árvore, pode tá escondido um conterrâneo enquadrando você na mira. E eu achava que sabia por quê. Pelo mesmo motivo da gente estar ali.

Senti vergonha, por isso e por ter colocado o Tadeu em situação difícil. Às vezes a nossa amizade era uma fonte de encrenca pros dois. A gente tinha começado juntos, os dois voluntários. Mas hoje ele é um primeiro tenente e eu um simples terceiro sargento, a quem ele, por amizade, dava muitas vezes preferência diante de um segundo ou primeiro sargento. Não era incomum que me pedisse conselhos, que ele até mesmo acatava contra a opinião dos outros graduados. O fato dele ser muito competente e de meus conselhos serem em boa parte proveitosos pra companhia ajudava a minimizar essa situação militarmente constrangedora. Só que a minha tendência a dar mancadas vinha se acentuando aos poucos, e isso sem dúvida comprometia o Tadeu como comandante do pelotão – do destacamento, agora, pois haviam se agregado a nós duas seções de morteiros 106, vindas da Companhia de Comando, duas de morteiro 81 e uma seção de metralhadora, vindas do nosso próprio Pelotão de Apoio. Esse pessoal não estava acostumado ao esquema e na certa ia estranhar ainda mais a preferência do tenente pra comigo.

Pensei que talvez fosse melhor pedir transferência do 2º Pelotão da 1ª Companhia e dar uma folga ao Tadeu – *se* a gente saísse dessa inteiros.

– Não tenho justificativa, Tenente – respondi. – Aceito qualquer punição que o senhor achar melhor...

– Por que você não dá um última forma nessa conversa de "tenente", Causo. A gente é amigo há tanto tempo. A gente sempre aceitou isso. Além do mais, se eu fosse te punir você não ia "aceitar" nada. Ia só engolir e pronto. Eu só tô pedindo pra você se preocupar com a moral da tropa. Também faz parte do seu trabalho.

Baixei a cabeça.

– Tem razão, Tadeu. Vou ter mais cuidado.

– Bom. Agora me diz o que você acha que tá acontecendo, afinal.

Eu parei, no meio de um passo. Estávamos indo pro posto avançado, marchando pelo meio da selva. Deixamos um grupo de combate e as seções de armas pesadas pra trás, guardando os blindados e os feridos. Ainda chovia e no alto ouvia-se o tamborilar das gotas no teto de folhas e ramagem. O chão estava lamacento, o que dificultava a marcha. Apesar disso, chegaríamos ao posto em alguns minutos, e então, o que a gente ia ter de enfrentar? Eu tinha um palpite forte e tinha quase certeza de que Tadeu também partilhava a mesma conclusão.

– O que é capaz de fazer a guarnição de um posto

avançado, isolado onde o Judas perdeu as botas, alopra inteirinha e atacar um grupamento amigo?

Agora foi a vez dele nada dizer. Simplesmente me encarou e balançou a cabeça dizendo que sim, bem devagar. Ele sabia. E eu havia encontrado a desculpa que precisava:

– Talvez seja melhor abrir o jogo com o pessoal. Melhor ter as rédeas firmes agora, do que quando a gente chegar lá...

– Motim?

– Por que não? Cê já viu isso acontecer antes. Uma alternativa é parar aqui e agora, entrar em contato com o QG e explicar a situação. Esperar por ordens...

– E admitir que não temos controle sobre a tropa?

– Talvez cê precise atirar em um dos *seus*. Não tô nem falando dos caras que tavam aqui antes e que alopraram. Tô falando do *nosso* pelotão, dos caras que você treinou lá em Campinas.

– Você segura as pontas comigo?

Como dizer que não? Eu preferiria voltar, fugir, esquecer essa história e deixar que outro alguém se virasse com ela. Mas sabia – tanto quanto Tadeu –, que a gente tinha que ir em frente – e gritar "Brasil!" na hora que tivesse que matar ou ser morto por nossos próprios homens.

– Claro. Mas é melhor falar com os cabos e sargentos, pelo menos. Aí já vai dar pra sentir o que vem pela frente.

O posto avançado obrigatoriamente devia se situar em uma elevação. Era difícil de se orientar no meio da selva, mas logo os nossos homens-de-ponta anunciaram que tinham encontrado o objetivo.

O posto avançado ficava em uma colina baixa de pedra e barro, de frente pra um afluente do Rio Jari. A vegetação por ali tinha sido derrubada, em leque. Vai ver pra aumentar a visibilidade de quem vigiasse o rio, que é a "estrada" mais usada na selva. No alto, o posto quando a gente subiu era um conjunto meio desorganizado de trincheiras e espaldões cavados no chão que era meio barro, meio pedra, porque aqui é uma região de rochas ígneas lavadas pelas chuvas que caíram ao longo de alguns milhões de anos. Os livros que consultei por curiosidade diziam que a Amazônia se formara em tempos muito antigos, quando a América do Sul se ligava à África – ou qualquer coisa assim... E a região, mais alta que na bacia do Amazonas propriamente dita, tinha sido lavada durante tanto tempo que às águas desciam e formavam rios escuros e pelados de nutrientes, como o Rio Negro, mais pro oeste, que lá embaixo vai se juntar ao Solimões, um rio barrento porque desce dos Andes e vem carregando sedimentos orgânicos desde lá por todo o caminho.

Subimos pro posto, tomando sempre cuidado com minas e armadilhas que pudessem ter sido deixadas pra nós. Tadeu tinha mandado um esclarecedor – que era um índio que tinha sido emprestado pra gente por um batalhão de infantaria de selva – subir numa sumaúma de quarenta metros e olhar bem e dizer o que tava vendo e ele disse que tudo parecia ter sido abandonado de uma hora pra outra. A gente pensou então que não teria dado tempo, talvez, pra enterrar minas, mas o pensamento era só pra compensar o medo, porque na certa os caras não tinham começado a usar minas só em nossa homenagem.

Usavam faz algum tempo e deviam ter criado um perímetro minado em torno do posto, se tinham medo de algum ataque de guerrilheiro.

O lado que a gente escolheu era perto da estrada e na certa os caras não iam minar o caminho principal de ir e vir. Só que ir por ali deixava a gente exposto, mas tem uma hora que não dá pra ficar escolhendo muito e, então, Tadeu mandou avançar.

Tava tudo deserto e não deu nada no caminho até lá.

Era um lamaçal só e nós fomos olhando com cuidado e entrando nas trincheiras e fuçando pra ver se achava alguma pista do que tinha acontecido.

Eu fui direto no *bunker* de comando. As mesas reviradas não diziam nada e em uma parede de madeira tinha umas pontas rasgadas de um mapa que devia ter ficado pendurado ali, e que na certa alguém arrancou na hora em que o posto foi evacuado. Pista do porquê eu não vi em lugar nenhum.

Procurei e procurei e não vi nada. Então pensei que talvez valesse dar uma olhada nas latrinas – pelo estado da merda dá pra saber há quanto tempo as "instalações" não eram usadas e talvez estimar o tempo que o campo estava abandonado. Na mata, a merda não durava nada-porque tinha sempre uns dezoito trilhões de micro-organismos pululando na umidade, esperando pra se alimentar dela. A mesma coisa com cadáveres. Depois de alguns dias, o que antes tinha sido um homem se juntava ao esterco orgânico que mantinha a floresta viva.

Quando cheguei ouvi o Tadeu gritando por mim. Ele veio até ond'eu tava e me mostrou um saquinho de brim camuflado, feito talvez de um bolso arrancado.

– Você tava certo, Causo. Olha só.

Abriu o saquinho e o que tinha dentro brilhou com aquela cor meio mineral, meio líquida que as pepitas polidas de ouro apresentam.

– O resto do pessoal viu isso? – perguntei.

– Viu. Foi o Milano que achou, em um escaninho numa trincheira. O dono cobriu com a capichama onde dormia e deve ter esquecido lá, na hora que evacuaram.

Vi que outros soldados se achegavam. Um deles tinha uns retalhos secos de pele de bicho nas mãos.

– Tá na cara que os babacas alopraram – falei. – Acho qu'eu tenho um palpite e queria conversar com o senhor e os outros sargentos, Tenente.

– Certo. – Tadeu percebeu o tom sério e mandou que os cabos e soldados continuassem procurando por mais evidências. Aí ele se voltou pra mim e me olhou nos olhos, esperando.

Eu não sabia como começar e por isso tirei mais uma vez a baioneta do cinto e me debrucei sobre o conteúdo de uma das latrinas. Tinha visto uma coisa esquisita num dos buracos, mas minha ideia mesmo era ganhar uns segundos para ajeitar o pensamento.

– O que cê tá fazendo? – ouvi falando o sargento Nabuco, que era o primeiro sargento do pelotão.

Ele nunca tinha engolido o meu relacionamento com o Tadeu e sempre que podia me dava uma cutucada. Tinha um tom de gozação na voz dele.

– Preparando a tua janta – respondi, sem dar mais bola.

Com a baioneta e a ponta dos dedos pus parte do conteúdo da latrina pra fora. Eram pedaços de papel malqueimados. Alguém tinha jogado na latrina e tocado fogo, só que a chuva ou a umidade da merda impediu que queimasse tudo. Na hora da correria, os caras deixaram tudo ali e não esperaram pra conferir. Eles já tinham aloprado e acoxambrado com tudo mesmo…

– Olha só pra isto.

Tadeu se acocorou do meu lado.

– Fotos e documentos – falou.

– Olha só. Guerrilheiros mortos e pelo tipo de ferimento – limpei com a lâmina da baioneta um resto de bosta seca grudado em uma das fotos que escapara quase intacta – devem ter sido minas. Não tem muitos deles, é claro, porque mina é uma arma de acaso. Onde é que eles colocaram essas coisas? Cê acha que em lugares perto das vilas que tem por aqui? Vamos ter que dar uma boa olhada nos mapas do terreno…

– Por minas por aqui eu acho besteira – o Tadeu falou. – A principal via são os rios, as vilas têm pouco terreno seco, algumas trilhas só, na mata ou entre os morros… Ainda assim, parece que os caras tavam documentando o efeito das minas. Pra quem?

– Boa pergunta – respondi. – Melhor levar isto pro *bunker* de comando e estudar o material.

Tadeu convocou os sargentos. Colocamos tudo em cima de uma folha larga e eu tive a honra de carregar todo esse tesouro malcheiroso.

O Tadeu, lá no *bunker*, respirou fundo e começou a falar:

– Nossas suspeitas estão se confirmando. Vou expor o que acho que aconteceu aqui. – em volta dele os sargentos se reuniam, mais intrigados do que nunca. – A tropa que ocupava este posto aloprou quando o ouro foi descoberto. Provavelmente contaram com a complacência do oficial comandante, o tal de Aguiar. Os caras então passaram a garimpar e a caçar os bichos da floresta, pra tirar a pele e comercializar. Como eles sabiam que a mamata acabava quando a gente chegasse, organizaram a emboscada. Talvez só pra ganhar tempo de tirar o ouro e as peles daqui e desertaram.

"Isso *não* vai acontecer com o meu pelotão, vocês entenderam?"

Ninguém respondeu. Todo mundo olhava pra baixo e mordia o beiço ou examinava as unhas. A gente já tinha discutido o assunto, antes de subir a elevação até o posto, mas ver o ouro brilhando na nossa frente... Era uma coisa que faria o soldado mais disciplinado pensar duas vezes.

– Entenderam! – Tadeu berrou, forçando todo mundo a gritar um "sim, senhor!", em resposta. Até eu dei um pulo de susto e respondi automaticamente. Ele continuou: – Agora vocês vão lá pra fora e controlem os seus homens. Eu não quero nem ouvir falar em ouro. O primeiro que eu pegar murmurando a palavra vai preso. Tudo o que for encontrado, ouro ou peles, deve ser trazido pra cá. Depois vamos organizar uma busca entre os homens e se eu pegar alguém com qualquer coisa eu... Bem, só quero que vocês estejam cientes de que não vou piscar antes de fazer uso do RDE contra quem quer que seja. Dispensados.

Todos começara a sair, mas Tadeu ordenou que o sargento Muñoz e eu ficássemos. Sabia que podia confiar em mim e no argentino.

– Vamos dar uma olhada nessas fotos que cê achou, Causo.

Colocamos o material em cima de mesa de campanha do *bunker*. As fotos mostravam cadáveres espalhados por todo lado, meio desmembrados, armas caídas ao lado.

– Olha só pra este fuzil – apontei.

– É um Stoner.

– O fuzil regulamentar das forças armadas americanas…

– É. Os americanos andaram fornecendo armas mais modernas pros guerrilheiros, desde o final do ano passado. Antes vinha umas coisas que sobraram da Segunda Guerra Mundial e uns AR-15s, mas agora tão mandando a última geração de Stoners. Vi num relatório que foi passado pros comandantes de pelotão.

– E só agora cê fala. Taí uma informação que os sargentos iam apreciar. Mas olha, esse cara… tá parecendo muito grande pra ser guerrilheiro. E essa tatuagem no braço…

Tirei meus óculos e passei pro Tadeu.

– Vê se consegue ver o que é – pedi.

Tadeu olhou, usando os óculos como lente de aumento.

– Parece um tridente – ele achou. – E uma águia…

Ao saber, minha reação não foi das melhores. Ele perguntou o que foi, e eu falei:

– É o símbolo de uma tropa de elite da marinha americana, os SEALs, que quer dizer *terra, ar e mar* em inglês. O tridente e a águia tão na insígnia deles. Eles foram criados pelo presidente Kennedy, bem no ano em que'a gente invadiu as Guianas, pra serem usados numa daquelas guerrinhas deles na Ásia, uma que não continuou, depois da nossa invasão. No começo era uma tropa bem secreta, mas depois, como acontece com tudo o que é americano, virou ícone cultural. Aparece em filme e livro. Como eu leio em inglês, já vi alguma coisa…

– E daí? – o Tadeu perguntou. – Você acha que esse presunto é um SEAL? Se os americanos tão mandando esses caras pra cá só pode ser como instrutor. O que seria um agravamento do perfil do conflito. Pensa um pouco, Causo. Pode mesmo ser um SEAL?

O sargento Muñoz perguntou se não seria enganoso esse negócio de foca tatuada. Se o cara era mesmo um SEAL, ele não ia querer aparecer por aí com uma identificação tão clara da unidade a que pertencia.

– Mas também não contava em ser morto por uma mina e aparecer quase pelado numa foto – o Tadeu respondeu por mim.

Removi a cobertura e, coçando furiosamente a cabeça, comecei a refletir sobre o pouco que sabia sobre os SEALS. Tinha lido alguma coisa em revistas americanas que minha ex-esposa tinha conseguido no curso de inglês onde dava aulas, *Time*, *Newsweek* e essas baboseiras. Era uma tropa de elite capacitada especialmente pra missões anfíbias, fluviais ou marítimas, na mesma linha das Equipes de Demolição Subaquática que eles tinham na Segunda Guerra Mundial. Atuavam como tropas de infantaria às vezes, mas era mais comum que fossem usados em operações tipo comando – sabotagens, emboscadas contra elementos selecionados, recuperação de prisioneiros e obtenção de inteligência. Esse último ponto podia ser o nosso caso.

– A minha ideia é a seguinte. Alguém, provavelmente do nosso lado, passou a empregar minas, um armamento que até então não era usado por nenhum dos lados. Aí os americanos ouvem falar disso e mandam uma equipe dos SEALS investigar a coisa, obter provas que pudessem ser usadas depois pra mostrar pra ONU e pra comunidade internacional o que os brasileiros estão fazendo na Amazônia. As minas tornariam o conflito mais sangrento, rompendo com o pouco equilíbrio que existe. Isso daria argumento pra uma intervenção maior da parte dos americanos, dos franceses e dos ingleses, que é o qu'eles querem.

– *Qué mierda!* – o Muñoz expressou.

– Das grandes.

Tadeu permaneceu em silêncio, matutando. Essa era uma situação pra qual ele não tava preparado. Ninguém estava, mas alguém tinha que agir e a decisão tinha que ser dele.

– Tá bom, Causo. Os helicópteros pra evacuar os nossos feridos devem chegar daqui a pouco. Já mandei buscar os feridos que ficaram com os blindados. Quando os helicópteros chegarem, você volta com eles. Vai levar essas fotos e papéis, também todo o ouro e peles que a gente achar e explicar tudo pro capitão. Essa sua teoria dos SEALS, o problema que a gente tá enfrentando. A merda toda.

Eu fiz que sim com a cabeça e no mesmo segundo começou a fuzilaria.

Corremos pra direção de onde vinham os tiros.

Escutamos alguém gritando "Não atira, não atira!", e então o sargento Nabuco ordenando o cessar fogo.

Quando chegamos, uns quatro soldados vinham do perímetro defensivo puxando um sujeito bem pequeno, vestido em andrajos. Mais de perto era um índio bem miúdo, tipo de um ianomami, de um metro e sessenta de altura ou menos, cabelo preto escorrido, vestindo restos de um uniforme do E. B. Os soldados vinham sacudindo e chutando ele, mas logo o Tadeu soltou um berros e os caras passaram a tratar o prisioneiro com um pouco mais de civilidade.

– Pegamos um guerrilheiro, tenente – anunciou o Nabuco.

Um dos soldados que traziam o índio estendeu um fuzil para o Tadeu. Era um Stoner. Quase tão comprido quanto o índio era alto.

– Não sou guerrilheiro – o índio falou, em bom português.

Vi que ele tinha uma bandagem na perna e que mancava.

O Nabuco então veio e agarrou ele pela gola da camiseta camuflada em frangalhos que vestia. Perguntou por que o molambento tinha uma arma estrangeira, se não era guerrilheiro.

Não era o melhor lugar pra se conduzir um interrogatório, com os soldados em volta olhando feio e segurando as armas engatilhadas, mas o jeito era interrogar ali mesmo.

– Se você pode se explicar, a hora é agora – Tadeu disse.

– Eu tava com os outros homens do capitão Aguiar...

– É desertor, então? – Nabuco interrompeu.

– Não sou nada disso, não. – O índio não parecia estar com medo. Ele só falava o que tinha pra dizer. – Todos os outros foram com o capitão pro mato, ontem à tarde. Mas agora há pouco eles me mandaram vir pra cá e conversar cocês, mas eu falei que não vinha sem a minha arma. Só que eles tiraram toda a munição... E lá atrás deixaram dois outros feridos, qu'é procês levar pra enfermaria da base.

Eu mandei o cabo Milano, o cabo Tosta dos padioleiros e mais uns negos irem dar uma olhada na direção que o índio tinha apontado pra localizar e trazer os outros feridos.

– Eles te mandaram vir pra cá que é pra gente cuidar dos feridos, é isso? – o Tadeu falou.

– E pra falar procês do ouro – o índio respondeu.

– Negativo. – Tadeu fez um gesto com a mão pra ele calar a boca e falou com os outros: – Vão fazer um reconhecimento em volta da base, patrulhas de quatro, pra assegurar o pouso dos helicópteros. E você vem comigo – falou pro índio.

Tadeu foi interrogar o sujeito no *bunker* de comando. Só ele e mais ninguém. Tive medo de que o índio tivesse uma arma escondida e tentasse matar ele, mas depois achei que não e que o Tadeu se virava de qualquer jeito. Peguei o Cides, o Moreira e o Valentim e fomos dar um passeio no mato. A gente andou por ali sem ir muito longe, depois de passar pelo pessoal que vinha trazendo os feridos dos desertores. A gente andava pisando em ovos, mas na certa os caras não iam enterrar minas tão perto da base. Quando voltamos, o Tadeu tinha bastante coisa pra me contar.

– Os helicópteros chegam em dois minutos – ele falou, olhando o relógio de pulso e soltando uma granada fulmígena vermelha. O índio estava em pé ao lado dele, sossegadão, como se não tivesse nada melhor pra fazer. – Você vai pegar um soldado da sua confiança e voltar com os helicópteros pra levar esse cara, os feridos e o material que a gente achou até o comando.

"Vai ter que explicar essa encrenca toda pro capitão, Causo. Queria ir eu mesmo, mas é melhor ficar aqui e pôr as coisas pra andar... e pra controlar toda essa conversa de ouro. Vou te contar o qu'eu consegui entender até agora."

Os helicópteros que nos levaram pra base junto com os feridos eram dois Mil-Mi 8, uma baleia-voadora de fabricação soviética, na qual dava pra enfiar um Gurgel inteiro. Só mesmo os soviéticos pra vender equipamento militar pros sul-americanos hoje em dia; influência de Fidel Castro, diziam. Logo depois da decolagem eles subiram pra uma grande altitude a fim de escapar de qualquer fogo antiaéreo de armas leves. Como a gente não tem helicópteros armados por aqui, só os de transporte, os americanos também não tinham fornecido mísseis antiaéreos disparados de ombro pros guerrilheiros.

A gente via a floresta lá embaixo como um tapetão verde cortado aqui e ali por rios coleantes que refletiam o céu carregado de nuvens. Comigo e com o ianomami tava também o Moreira. É um bom sujeito. A gente costumava conversar bastante, quando a rotina permitia. Ele é de Nova Odessa, perto de Sumaré, ond'eu cresci, de modo que a gente tem algumas afinidades.

No helicóptero, o índio ia pitando um cigarro que tinha filado de um dos tripulantes. O Moreira cochilava. Os feridos dos amotinados ficavam falando do ouro, até qu'eu pedi prum dos padioleiros da tripulação da aeronave injetar qualquer coisa neles pra mandar os vagabundos pro mundo dos sonhos. Era um procedimento irregular, mas o sujeito entendeu que o negócio era calar a boca deles e mandou ver.

Ele deu uma olhada no meu ferimento e me passou um analgésico. Puxei do bolso um livro argentino que vinha lendo, *Relatos reales de lo impossible*, de Jorge Luis Borges, uma coletânea de histórias. Em geral eu não rabisco meus livros, mas depois de saber no que eu tinha me metido, resolvi sublinhar um trecho que achei que cê ia apreciar, dado o contexto (desculpe a pronúncia):

El tiempo y el pasado no son apenas patamares que soportan nuestro presente. Ellos están vivos – a manera de un árbol que proyecta sus ramas a todas partes – como posibilidades de desarrollos que se entraman, invisibles, en las entrelíneas de los libros de historia.

A nova base apareceu no horizonte. Tava chovendo pr'aqueles lados. A base parecia recém-arrancada da lama. Era um lugar bacana. Com ruínhas com alojamentos de madeira e telhas de zinco, muita lona nas janelas e portas, telas contra mosquitos. As casas eram construídas sobre estacas pra ficar acima da lama, e escoradas com sacos de areia. O rancho era um lugar limpo e as calçadas eram feitas de tábuas. O perímetro era cercado de arame farpado e um estaqueado, porque ali o que não faltava era madeira. Os engenheiros levaram dois meses pra construir tudo – os alojamentos, o rancho, o parque de veículos, o lugar das baterias de artilharia, um porto fluvial que tinha um navio-hospital da Marinha ancorado nele – além dos barcos de patrulha –, um campo de pouso de helicópteros e também de aeronaves de asa fixa, um hospital e um campo de futebol. Tinha energia elétrica, que provinha alternadamente de um gerador diesel e de outro que trabalhava a partir de matéria orgânica em decomposição – até bosta mesmo. Tive de me lembrar que tudo era novidade, recém-construído. A base anterior ficava mais próxima da cidade de Amapá, mais pro leste, enquanto que esta fica oitenta quilômetros rumo sul, na direção de Serra do Navio e de Macapá. Só então me ocorreu que era essa a razão do estado deplorável da posição à beira do Jari. Aqueles caras molambentos… Deviam estar abandonados lá à própria sorte fazia algum tempo.

Quanto tempo? Por quanto tempo aquele destacamento estaria ali, pra terem descoberto ouro em quantidade suficiente pra sedimentar a decisão deles de desertarem? Quatro, cinco meses até alguém se dar conta de que já tinha passado da hora de rendê-los? Era bem possível que o Capitão Aguiar tivesse mexido os seus pauzinhos pra ficar por ali mais tempo e até não dar mais, vai saber…

Era tropa mista, na maior parte índios e caboclos dos arredores, uns poucos tenentes e sargentos vindos do Sul. A maioria com certeza contava em pegar a sua parte e se fundir com a mata, reaparecer noutro lugar da Amazônia um tempo depois com grana suficiente pra abrir um pequeno negócio, ou ir pr'a cidade grande e desaparecer nas periferias inchadas. O dinheiro compraria novas identidades, a entrada no tráfico de drogas, em estabelecimentos de prostituição…

O que o Tadeu me havia instruído era que os sujeitos tinham aloprado por causa do ouro, claro, e que um barco vinha de vez em quando da Guiana Holandesa e levava o ouro e as peles pra serem contrabandeadas pra Holanda, Alemanha, Estados Unidos e França, além de trazer uma porrada de coisas em troca – mulheres, drogas e provisões que só se achava em Manaus. Isso o ianomami contou pra ele e que os caras tinham emboscado a gente pra ter tempo de tirar o ouro e as coisas de lá, porque o nosso destacamento foi enviado meio que de repente. Eles tinham mandado o ianomami – de nome Chico Parima – conversar com a gente porque não tinha dado tempo pra tirar tudo – ainda tinha muito ouro enterrado em pontos secretos, dentro do perímetro, e o Capitão Aguiar e os seus desertores queriam trocar o ouro por um croqui dos campos minados. Sem esse croqui ia ficar mais difícil fazer qualquer tipo de operação por ali, mas conhecendo o Tadeu com'eu conhecia, podia dizer com certeza que um chute na bunda era o que os sujeitos iam ter.

Os feridos – dos dois lados – foram levados logo pra enfermaria, mas eu só ia passar lá depois de ver o comandante. Era bom andar rápido, porque o efeito do analgésico tava passando.

Encontrei o comandante da 1ª Companhia no seu escritório ao lado da sargenteação. O nome era Pimentel, e era um oficial difícil de aguentar embora tivesse alguma experiência na fronteira oeste. Aqui na fronteira norte essa experiência podia ser boa pra nada e era difícil imaginar o que é que tinha na cabeça dos caras que mandaram esse sujeito pruma das zonas mais quentes no continente todo.

Deixei o Moreira do lado de fora com Chico Parima. Moreira tinha que guardar o prisioneiro e os sacos de "evidências" que a gente trouxe a mando do Tadeu.

Entrei. Fiz a saudação e pedi permissão pra falar. Esse Pimentel era assim com a babaquice toda de etiqueta militar, mas ele mesmo não se levantou de trás da mesa. Parecia importante, atrás da mesa cheia de papelada e uma sub LAPA M-2 servindo de peso-de-papéis e pra mostrar que Pimentel era um combatente, não um burocrata de Brasília. Humm, eu babava por uma dessas M-2, bichinha bonita que é. Já tinha tido dotação dela, lá em Campinas, mas quando cheguei aqui troquei logo pelo fuzil, porque uma submetralhadora nove milímetros não tem uso no meio da selva, a menos que seja combate a curta distância. É arma de oficial que fica na retaguarda. Tinha aquela finura de linhas, baseadas, que nem o da M-3, no desenho do AR-15, que os americanos davam pras suas forças auxiliares e agências policiais. Essas armas brasileiras eram trabucos mais leves, melhores pra mirradice do brasileiro.

– O seu comandante de pelotão me enviou um rádio, sargento – ele foi falando –, mas disse que não podia adiantar nada e que você ia ser o seu mensageiro. Isso foi a maior babaquice que eu já ouvi na minha vida militar. Bem, o que é que há? Quem é responsável por todas essas baixas que vocês sofreram? Estão querendo me dizer que os guerrilheiros agora têm como deter uma coluna de blindados? Ou será que vocês não conseguem nem mesmo realizar um simples deslocamento sem que isso termine na perda de material do Exército?

E blá-blá.

Quand'ele fez uma pausa pra recuperar o fôlego, eu joguei um saco plástico com as fotos e documentos que capturamos, bem na frente dele.

– Mas que merda é essa? – ele gritou, e eu quase caí na risada.

– Pelo jeito, é merda mesmo – ouvi uma outra voz dizer. Uma voz grossa, que parecia estar rindo sem rir pra valer e com um sotaque do sul.

Só então percebi que tinha mais alguém no escritório. Um sujeito encostado num canto, fumando tranquilamente. Ele deu um passo adiante e vi que era um major dos comandos.

– Alguns documentos que nós… hã, recuperamos, Capitão – eu disse, mal segurando o riso.

– Não precisa nem perder tempo em abrir, Pimentel – falou o major. – Pode jogar isso de volta à latrina, próxima vez que for lá.

Encarei o comando por um segundo. Eu tenho um e sessenta e sete e o cara tinha, por baixo, um e noventa e cinco, e devia pesar mais de cem quilos, sem contar a faca de trincheira, a pistola IMBEL, os emblemas de cursos e as granadas que trazia pendurados no uniforme camuflado, além de uma submetralhadora peruana que tinha à bandoleira. O silenciador da bicha era maior que ela. Pensei na árvore de Natal que a gente tinha improvisado no ano retrasado, quando passamos por aquela aclimatação em Manaus. Por que andar armado até os dentes em uma base de retaguarda? Esses comandos são mais caxias do que o Caxias.

Mas a pergunta que realmente importava era por que ele mandava jogar fora os documentos.

Os dois oficiais ficaram me olhando por quase um minuto. Não entendi nada dessa encenação, mas eu tinha mais o que fazer além de ficar em pé com calafrios de dor e esperando adivinhar qual era a deles.

– Vamos ver se os senhores vão querer jogar isto fora também – falei, e mandei que o Moreira entrasse com as sacolas e o prisioneiro.

Apanhei uma das menores, a que tinha o ouro, e despejei o conteúdo em cima da mesa. As pepitas brilharam sem-cerimônia.

– Tem mais de onde veio isto. – E então eu apontei pro ianomami. – E tem mais *desse* também.

Pimentel, depois de uma olhadela dirigida ao major, fez sinal pra que eu falasse, e só aí é qu'eu pude passar a mensagem.

É claro que o Tadeu queria mais gente pra enfrentar o problema, queria oficiais mais elevados no lugar, pra decidir o que fazer com Aguiar e os seus amotinados. Queria sapadores pra limpar o lugar das minas. Queria reconhecimento aéreo pra localizar os vagabundos. Também patrulha fluvial pra interceptar o barco que vinha transportar o contrabando. Queria até esclarecimento político quanto às implicações relativas ao nosso possível SEAL e ao caso das minas e dos Stoners. Pra fechar o pacote talvez ele até quisesse um pelotão daquelas moças carinhosas de Manaus, mas esse pedido em particular ele deixou de incluir.

Enquanto eu enumerava essas coisas todas, os oficiais demonstravam impaciência. Eu até podia ouvir o velho capitão Nogueira (ond'é que andava o Corujinha?), em 1984 nos dizendo que o Exército era *pobre*. O Tadeu podia muito bem pedir tudo aquilo ao Papai Noel, que dava na mesma. Este país é um continente e as forças armadas têm que cobri-lo e ainda cumprir seus compromissos com os países vizinhos, fornecendo tropas e materiais pr'as outras zonas de tensão.

Mas Pimentel e o major comando – "Gazin", era o nome na tarja acima do bolso esquerdo – tinham que fazer *alguma* coisa.

– Reforços e alguns detectores de minas – foi o que Gazin concedeu.

– Vamos ver o que mais – falou o nosso capitão, registrando de leve um desconforto porque o major se adiantou a ele. – Apresente o prisioneiro à sargenteação. Essas... – apontou para as sacolas abarrotadas de ouro e peles – *coisas*, você deixe aí mesmo. E sobre elas, assunto classificado, entendeu? Dispensado, sargento.

Prestei a continência, dei meia-volta caprichada e saí batendo o pé como manda o figurino. "Classificado" é a minha bunda. Mas, por mim, o Pimentel podia enfiar o ouro e as peles na dele.

Do lado de fora Moreira, eu e o índio fomos até a sargenteação. A gente foi escorregando nas calçadas de ripas molhadas de chuva. Lá eu só disse que o capitão tinha mandado encarcerar o prisioneiro, dar tratamento médico a ele e uma boa refeição – essa última parte eu devo à minha própria criatividade, já que o Chico parecia a um passo de morrer de fome. Também falei que alguns dos feridos que vieram eram desertores, parte da turma do Aguiar. Bom mandar uns PEs pra enfermaria, guardar os vagabundos.

Aproveitei pra pegar uma correspondência que tinha chegado pro pessoal do destacamento. Pra mim tinha três cartas. Uma da Mãe, dizendo que o Robertinho perguntava de mim e ia lá em casa olhar as fotografias em qu'eu aparecia com a rapaziada. A Mãe também contou que em Sumaré andava meio difícil conseguir alguns gêneros, especialmente material de limpeza e coisas assim, e que, quando flutuava também a disponibilidade de alimentos, o velho fazia mais dinheiro com as verduras. Às vezes a economia do continente variava, sabe como é. Talvez a ONU e os americanos tenham baixado novas restrições contra o Brasil, vai saber. Tudo isso na carta da Mãe (você sabe como ela é – eu acho) era pra dizer que da próxima vez qu'eu tivesse uma folga, ela e o Pai podiam pagar minha viagem pra casa.

Não era má ideia. Precisava rever o menino. (Certeza de que isso era o que a Mãe tinha em mente.)

Outra carta vinha do meu irmão, o segundo-tenente Antonio de Souza Causo, que está com os fuzileiros navais que controlam o garimpo e o trânsito fluvial no Rio Madeira, a cento e cinquenta quilômetros de Manaus. (Eu me pergunto se... Bom, deixa pra lá. Eu não ia querer saber que o Tonho não existe aí.)

A terceira era do nosso amigo Carlos Palla, capitão de cavalaria. Dizia que sua unidade, os Guaicurús do 20º Regimento de Cavalaria Blindada, fazia exercícios com os novos Osórios nas vizinhanças de Goiânia em conjunto com uma unidade argentina de assalto aéreo.

Ah, mas tudo isso eu vi depois. Naquela hora o qu'eu fiz foi mandar o Moreira dar um passeio, ir falar com seus amigos jogadores de truco e vinte-e-um.

– *Falar* com eles? Cê só pode tá brincando, ô sargento. Porra, só um caxias-capelão que nem 'ocê pra vir com essa... A gente não *conversa*, sargento. A gente *joga*. E eu tô mais desguarnecido do que um fuzileiro sem fuzil.

Se pelo menos o s'nhor tivesse me dexado pegar um pouco daquele ouro qu'a gente troxe…

Eu não queria perder tempo. Só queria o Moreira longe de mim, porque as coisas qu'eu pretendia fazer a seguir eram do tipo que podia dar corte marcial. Meti a mão trêmula na carteira e tirei de lá o maço de cruzeiros qu'eu vinha economizando pra comprar umas coisas pra Meire e pro Robertinho. Em Manaus tem um porto-livre cheio de mercadorias do Mercado Integrado, e na primeira chance eu pretendia dar um pulo lá e comprar umas coisas bonitas, especialmente pro menino, que só me via de vez em quando. Eu queria fazer ele se lembrar de mim, cê sabe. (Me disseram que cê também tem um filho com o mesmo nome, mas que deve ser mais novo que o meu.)

Mas agora, que se fodam os planos. De algum modo eu sabia que a merda era da grossa e que podia morrer amanhã ou ir parar numa cela de concreto do E. B.

Na base tem um cantinho lá da FUNAI. O Congresso tinha aprovado essa medida de ter sempre alguém supervisionando a situação dos índios nas áreas de conflito, além das condições com que os índios alistados eram tratados. Eu conhecia esse rapaz, Daniel Monteiro Costa, que é meio caiapó e meio munduruku do Pará. Ele é o nosso homem da FUNAI. É só um ano mais velho que eu e a gente conversava de vez em quando, porque eu tinha um interesse em cultura e história indígena, desde o tempo em que um índio universitário tinha visitado a escola em qu'eu fiz o primeiro grau, e desde qu'eu li o *Enterrem meu Coração na Curva do Rio*. E desde que um rapaz índio trabalhou no negócio de frutas e verduras do meu pai e mais tarde eu descobri que ele era um tipo de emissário da nação indígena dele, enviado pra cidade pra aprender os modos do homem branco. Um antropólogo enviado pelos caciques da tribo dele pra crescer entre nós e estudar os nossos costumes e defeitos, e então voltar e contar tudo à sua liderança e mais tarde servir de intermediário.

Daniel também era universitário – ou melhor, já formado numa faculdade de filosofia ou teologia lá de Belém. Mas ele saiu bem desse campo quando decidiu abraçar a sua identidade indígena e tentar fazer alguma coisa em defesa do seu povo. Outra coisa que a gente tem em comum é que ele também escreve.

Encontrei ele conversando com um recruta índio, dos waimiris do Amazonas, na cantina.

– Oi, Daniel. Desculpa eu interromper, mas tenho um assunto sério pra te falar e precisava conversar num lugar mais sossegado.

Ele disse que tava tudo bem, e se despediu do recruta.

– Vamos pro meu escritório, então – ele propôs, mas eu achei melhor não perder tempo.

– Não. *Eu* vou pra lá. Você é melhor ir acelerado até a sargenteação da Primeira Companhia do Vinte e Oito. Tem um prisioneiro que eu trouxe lá do Jari. É um desertor. Acho que pode ser dos ianomamis. Era bom que cê falasse com ele antes que os S-DOIS interroguem ele. Ver que não vão fazer nenhuma sacanagem com o coitado, sabe como é. Tem uns comandos cheios-de-si que vão querer falar com ele.

Ele percebeu que eu tinha mais alguma coisa e perguntou:

– É essa a conversa?

– Quando 'ocê voltar pro seu escritório, vai achar uma carta qu'eu vou deixar em cima da sua mesa. O qu'eu quero é que cê leve ou mande essa carta pra São Paulo, sem dizer pra ninguém que fui eu quem escreveu. Entrega pr'aquela nega pra quem cê escreveu os artigos que saíram publicados no *Jornal da Tarde*. Pavam, né isso?

– E o que é que tá em jogo?

Ele percebeu que eu tremia de dor, viu que tinha sido ferido, e se ofereceu pra carregar as minhas coisas. Me deu a chave do escritório da FUNAI.

Pensei na pergunta dele por um minuto, enquanto nós dois caminhávamos sob a chuva.

– Nada que tenha a ver com os nossos trabalhos – falei. – Talvez uma coisa que tenha tudo a ver com as nossas vidas.

A gente se separou sem mais conversa. Eu sabia que dava pra confiar nele, porque ele cagava e andava pra coisa militar. Fui até o seu escritório. Lá escrevi a carta que tinha prometido pra ele mas também uma pra Mãe e outra pro Tonho – essas com um conteúdo diferente, claro.

Era já noite quando finalmente fui pra enfermaria. Os médicos me limparam, desinfetaram, costuraram e me encheram de analgésicos. Deram uma meia-dúzia de antibióticos pra tomar e me deixaram descansando num leito, depois d'eu tomar um chuveiro. Fiquei lendo o meu livro do Borges, porque, apesar dos medicamentos, a encrenca toda não me deixava dormir. Lendo, o sono viria.

Uma enfermeira da Marinha, morena-jambo com maravilhosos olhos grandes e escuros – e uma bunda não menos maravilhosa – me trouxe um prato de comida quente – na certa a última qu'eu ia ver antes de voltar pra junto do Tadeu e do pessoal. A enfermeira e eu conversamos alguns minutos. Ela viu que eu lia e nós cruzamos as nossas listas de autores argentinos, cubanos e bolivianos favoritos. Afinidades, no fim do mundo.

Eu recomendei Gabriel García Marquéz, que ela ainda não conhecia. Ela me contou que nenhum dos feridos que a gente trouxe tava em estado muito grave. Três deles iam ficar por ali até serem estabilizados, e então levados pra um hospital em Belém. De manhã, antes de voltar, decidi que ia visitar os caras.

Moreira apareceu. Ele jogou no meu colo um maço de dinheiro preso com elástico.

– Adivinha, Sargento! – ele tava todo alegre.

– Cê tá com sorte hoje?

– Meu melhor dia, em muito tempo. Aí tem mais dinheiro que'o que o s'nhor me emprestou. E o melhor é qu'eu ganhei adivinhe de quem?

– O jogador é você, Moreira. – Eu tava grato por ele ter ganho. Pensei que o Robertinho ia ver aqueles presentes especiais, afinal. E era bom que algum de nós estivesse com sorte, porque eu não via a coisa animada pro pelotão, no futuro próximo. – Eu não adivinho nada nem dou palpite – falei.

– Ganhei essa grana toda do reforço qu'eles vão mandar c'oa gente amanhã de manhã, uns comandos bisonhos que'o s'nhor nunca viu.

– Comandos é? Algum oficial entre eles? – eu perguntei.

– Não. Mas tinha um sargento mal'encarado.

Daniel Costa apareceu e me poupou o trabalho de interrogar o Moreira sem parecer demasiadamente interessado nos comandos que, assim tão de repente, iam voltar conosco como o reforço prometido pelo Major Gazin. Mandei o Moreira procurar um lugar pra ele no alojamento, que eu tinha pouso garantido na enfermaria. A enfermeira tinha até me deixado com um olhar promissor e um bamboleio sugestivo, ao sair. A noite era uma criança. Até para um estropiado.

Quando Daniel e eu ficamos sozinhos, ele começou a falar:

– Ainda bem que você me mandou ver o ianomami. Tinha o tal grupo de comandos com ele, sabe como é, *pressionando* o rapaz. Tive que esfregar a minha credencial do Ministério da Guerra na cara deles, pra conseguir que eles saíssem e pra poder conversar com ele. Ele não falou muito das coisas que os comandos queriam saber, é claro, mas também não parecia reticente.

– O Chico é cooperativo, eu sei.

Eu gostava de conversar com Daniel. Ele falava um português melhor que o meu, sua voz era mais firme, e ele tinha alguma coisa que me deixava tranquilo – e tranquilidade é sempre uma sensação preciosa, quando você tá em guerra. Acho que era a própria calma dele que passava pra gente. Mas desta vez ele não tava legal. Inquieto.

– Uma vez você me disse – ele falou – que não era difícil pra você aceitar o mundo mágico em que os índios vivem, lembra?

– Lembro sim. Já tenho idade bastante pra saber que o mundo é mais esquisito do que a gente pensa. Além disso, no escuro e no meio do mato, no meio de uma *guerra*, *tudo* é possível.

Daniel deu uma risada, como se soubesse bem do qu'eu tava falando.

– Esse ianomami, o Chico Parima, o que ele me contou tem mais a ver com uma visão que diz que teve, junto com os colegas dele, no Jari. Queria saber o que eu achava, porque não conseguia interpretar a visão.

– Alguma coisa que faz parte da crença dos ianomamis? – eu perguntei.

– Não sei dizer. Nem sempre uma visão de um índio tem algo a ver com o sistema de crenças da nação a que ele pertence. É mais a ideia de que o sistema permite o índio aceitar e às vezes interpretar a visão.

"Esse ianomami diz que viu um... um *embaçamento* no meio do rio, um *buraco branco*, como ele falou. Disse que os companheiros viram também. Isso foi num lugar onde o rio alarga e dobra em s. Ele não sabe explicar direito, mas diz que a visão não vem dos espíritos, e que os próprios espíritos evitam o lugar em torno desse ponto do rio. Até a floresta é muda em volta e que desse ponto ele sentiu que alguma coisa que ele não sabe explicar saía e entrava... *vazava* uma coisa pra cá e vazava coisas daqui pra lá, é como ele colocou."

– Vazava? De *lá*? Pra *cá*? Eu não tô entendendo as referências...

– *Lá* é o mundo da outra vida. Não o além-da-morte, como um branco diria. Você sabe que os ianomamis acreditam que o mundo existe porque há o povo ianomami pra sonhar esse mundo. E Chico Parima me disse que é como se alguém tivesse sonhado um mundo diferente e que nesse ponto ele viu os dois sonhos de realidade se comunicando.

Fiquei um tempo quieto, pensativo. Senti um calor estranho, um arrepio que esquentava a pele e que era meio medo, meio um espanto, um *maravilhamento*. É medo e essa coisa mais. Curiosidade de querer ver, querer estar lá no lugar sobrenatural e olhar bem fundo no escuro, pra ver o que aparecia.

– Bom – falei, baixinho. – Não sei o que fazer com isso.

– Nem eu. Pelo menos com a sua carta eu sei o que fazer. Você vai me contar do que se trata?

– Agora eu prefiro não contar. Quand'eu voltar lá do posto, aí a gente conversa e eu conto tudo.

– Sei que foi ferido – ele me disse, se levantando e apertando minha mão. – É melhor deixar você descansar.

– Não é nada de mais.

Quando ele foi embora, eu fiquei quieto no leito. Pensava na noite escura e o céu tão cheio de estrelas, quando não tinha nuvens e a gente podia ver a Via Láctea sobre a Amazônia e as estrelas cadentes, tantas como uma chuva tropical de meteoros, e às vezes a própria face da lua. O Tadeu me emprestava os binóculos de altapotência dele e eu conseguia até reconhecer a topografia da lua e enumerar os mares e as crateras maiores. Mar da Tranquilidade… De noite na floresta tinha também os sons que os bichos fazem, e se a gente tá perto de um rio o barulho da água é uma coisa especial. Uma coisa de sonho. Até quando chovia tinha essa sensação de que o mundo todo fazia aquele mesmo barulho de água caindo. Chovia naquela mesma hora que eu pensava essas coisas e as gotas no teto da enfermaria eram um som diferente, um outro sonho. Será que o sonho do homem branco e o da guerra moderna também eram sonhados pelos ianomamis?

A enfermeira me encontrou matutando sobre essas coisas. Então ela sentou no mesmo ponto do leito em que o Daniel tinha sentado pouco antes e as coxas dela ficavam ainda mais grossas e apareciam mais embaixo do uniforme. A gente conversou sobre literatura e sobre os lugares de onde a gente tinha vindo, eu de Sumaré, São Paulo, ela de Marabá. Era meio índia e tinha as maçãs do rosto grandes, do jeito que têm os índios. Eu vi que era também um sonho de bonita. Dizem que as mulheres do Pará tão entre as mais bonitas do Brasil na cor, nas formas e na graça. Comecei a acreditar. Seu nome era Cristina Cabral. Quando soou o toque de recolher ela me deu um beijo na boca e me mandou dormir. Eu disse que depois do beijo ia ficar difícil e ela respondeu que pelo menos tinha me dado alguma coisa pra pensar.

Pensar nas coxas da Cristina era mais fácil e mais confortador que pensar nas coisas que Chico Parima tinha dito ao Daniel Costa.

O sargento dos comandos era um tal de Coutinho. Era um negro com uma cor de olho diferente, castanho bem claro. Mal'encarado, que nem o Moreira tinha dito; peso-pesado com uns braços mais grossos que as minhas pernas. Ele se apresentou e sentou num canto do helicóptero. Eu não puxei conversa e ele ficou me olhando. Com ele tava todo um GC de comandos, mais dois caras com umas espingardas CBC calibre doze de cano encurtado – um "reforço" e tanto.

O que é que eles queriam?

Os comandos são uns tarados que só pensam em atirar e matar gente. São como um cara que tem as melhores armas, ou uma mulher com as melhores partes corporais – cê espera que eles só pensem em exibir o que têm, em *usar* o que têm. Pra eles, essa nossa guerrinha é um flerte que nunca acaba, uma esfregação no banco de trás do carro, sem nunca chegar aos "finalmentes".

Pra mim o quadro era claro o bastante. A ideia das minas tinha vindo dos comandos. Um jeito de aumentar a probabilidade de uma guerra mais "aquecida", não é? Mas era um movimento tímido, um truque*zinho*, meu amigo. Como o Tadeu já tinha matado, minas terrestres na região eram furo n'água. O único efeito seria justificar um contramovimento do inimigo, os guerrilheiros patrocinados pelos americanos, ingleses e franceses, e que talvez nem viesse. Só que havia aquele possível SEAL. Era aí que a porca torcia o rabo. A presença dele – *deles* – podia ser a de um grupo de consultores, a de um grupo de coleta de inteligência, ou qualquer coisa diferente disso – e *maior*.

Meu palpite era o ouro. Ouro e outros metais, alguns estratégicos. A encrenca toda é essa, a gente sabe disso. Depois que o Jânio Quadros mandou invadir as Guianas e os argentinos meteram os pés pelas mãos nas Malvinas, o que deu foi que os ianques ficaram do lado dos ingleses e franceses – besteira do Jânio algum dia achar que ia ser o contrário. O Jota Kennedy nunca ia aceitar um país continental que nem o Brasil ensaiando um expansionismo nas Américas. Depois da invasão, dizem que pegou mais no nosso pé do que já pegava no dos cubanos. E tinha o linha-dura do De Gaulle na França, e de cara ele mandou a Legião Estrangeira pra cá.

A força de reação conjunta que eles criaram chutou a gente de volta pro território do Brasil, e os argentinos saíram mancando das Malvinas, mas aí os gringos viram que podiam ganhar mais do que a indenização que a gente pagou pela aventura janista, e na medida em que eles nos escorraçavam, iam anexando território amazônico brasileiro pelo caminho.

Essa parte da história durou só dois anos. Depois começou o nosso contra-ataque, com o apoio de outros países amazônicos como Venezuela e Bolívia, que tinham medo de que os seus territórios fossem os próximos a serem mordidos. A gente conseguiu reaver parte da terra perdida e os inimigos perceberam que ia ser difícil demais armar outra força multinacional e virar a mesa de novo. Apesar da encrenca ter começado com a gente, a parte dos países subdesenvolvidos da ONU não queria saber dos americanos e seus amigos do mundo rico tomando as riquezas da Amazônia. Então o que os caras armaram foi essa guerrilha que não termina. O movimento guerrilheiro fica cutucando, fica atacando a fronteira e armando ataques terroristas mais pra dentro do continente e até usando o tráfico de drogas pra enfraquecer as áreas urbanas e industrializadas dos países da Liga Sul-Americana. A ideia não é só pegar o que aparecer, mas também de manter a Liga ocupada, porque os caras agora tão com medo sim, e acham que se eles não mantiverem uma pressão constante em cima, a Liga vai ficar saidinha.

Não é uma guerrilha comunista, que nem era a regra antes da nossa invasão em '62. Agora é uma guerrilha mercenária, paga em dólares, libras e francos – além das riquezas que eles roubam de nós, e tem o dinheiro do tráfico. O que é a ideologia, afinal de contas? A coisa é tão suja que é difícil limpar o limo da superfície pra ver a sujeira maior que tem bem no fundo, mas acho que o quadro é mais ou menos esse, e cê percebe que isso tudo custa dinheiro. Dinheiro pra cacete, e aí eu penso no Aguiar e nos seus desertores trocando o ouro brasileiro por drogas e grana suja. Pra ond'é que ia esse ouro, se não pra pagar a conta da guerrilha? Aguiar e os outros não eram só mais um exemplo da corrupção dentro do E. B. Eles eram *traidores* e se a minha opinião valesse alguma coisa iam direto pro paredão se fossem pegos.

São vinte anos nessa merda. Quand'eu nasci, já eram três anos de confusão.

E a única coisa qu'eu podia imaginar justificando a presença dos SEALS aqui era pra garantir que o ouro ia no fim parar no Fort Knox ou em Amsterdã, entendeu? Ou pra avaliar quanto ouro havia e preparar uma ofensiva maior dos guerrilheiros, pra tomar a terra da gente – militarmente é claro –, e então anexar e explorar até o bagaço.

E aí talvez a gente tivesse enfim de engrossar e então os comandos iam ter a guerra pra valer que eles queriam.

Olhei pro Coutinho com um gosto amargo na boca e raiva suficiente pra falar grosso.

– Então, Coutinho, quais são as suas ordens?

Ele e os seus homens me olharam de volta, sem muita simpatia.

– Só pra gente se unir ao seu pelotão, como tropa regular – ele respondeu, seco.

– Cê recebeu alguma inteligência sobre a nossa situação lá? – perguntei.

– Nada. Só o trivial.

– Sei.

Como se fosse a coisa mais comum do mundo uns arrogantes como eles se juntarem a uma tropa regular de infantaria blindada.

Quando a gente chegou, fui logo fazer um relatório pro Tadeu sobre a condição dos feridos, que era uma coisa qu'ele ia querer saber. Depois, pra alegria do pessoal, distribuí a correspondência que tinha pego na Sargenteação.

O Tadeu tinha incrementado o cenário enquanto eu estive fora. Depois que ele cumprimentou os comandos – sem denunciar que estranhava a presença deles –, mandou o Nabuco organizar uma reunião dos sargentos pra qu'eu pudesse contar o que tinha acontecido na base. Coutinho e os seus comandados foram apresentados oficialmente, e o Tadeu então mostrou pra mim e pros recém-chegados o que ele tinha planejado.

Primeiro ele estabeleceu dois pontos de emboscada, um subindo e outro descendo o rio, pra pegar os contrabandistas quando e se eles aparecessem. Depois localizou no mapa alguns pontos possíveis no terreno que estariam abrigando Aguiar e os outros amotinados. Tinha até traçado algumas rotas, via terreno arborizado ou pedregoso demais pra abrigar minas. O mapa também trazia a localização aproximada de duas aldeias indígenas e de quatro vilarejos ribeirinhos. E então Tadeu soltou a bomba: Aguiar tinha mandado uma mensagem de rádio dizendo que se a gente não garantisse a ele acesso ao ouro enterrado no perímetro, ele ia atacar uma aldeia de índios nômades, que não aparecia nos mapas, e que a imprensa internacional ia ficar sabendo dessa atrocidade do Exército.

– Que filho-da-puta! – eu xinguei.

– Pra dizer o mínimo – Tadeu falou. – Minha decisão foi deixar ele fazer o quer e depois fechar o cerco em cima.

– Deixar levar? – o Coutinho quase gritou.

– Isso mesmo – Tadeu respondeu, a calma em pessoa. – Conto com as suas habilidades em operações especiais, Sargento Coutinho, tanto pra chegar até os amotinados depois que eles correrem com o ouro, quanto pra anular os movimentos fluviais.

Se tinha alguma ironia no que ele falou, não transpareceu.

– O senhor acha que os contrabandistas vão extrair eles pelo rio? – eu perguntei.

– Só pode ser. Pra que tanta insistência em pegar o ouro, se não têm como dar o fora com ele? E os contrabandistas são os mais interessados.

– Eles não iam aparecer agora, sem algum tipo de segurança – eu disse.

Então, o Coutinho falou:

– Tá pensando em mercenários ou coisa assim?

– Coisa assim.

Pensava nos SEALS, pensava nos Boinas Verdes, pensava no Diabo. Por essa altura do campeonato eu não antecipava mais nada.

– O que vamos fazer é cavar o ouro pra eles – Tadeu falou.

– E quanto ao nosso pessoal? – perguntei, com medo do que a tropa faria, quando visse o ouro.

– Bom, Causo, agora só dá pra pagar pra ver. A gente tem que correr o risco. Vamos formar uns grupos pra cavar e deixar os sargentos supervisionando. O Aguiar vai mandar um pessoal dele pra dizer onde cavar e garantir que a gente tá entregando a mercadoria toda. – Então ele apontou pro Coutinho, pra mim e pro Muñoz. – Assim que eles saírem, a gente vai ter as patrulhas saindo nas pegadas deles. Com o maior cuidado possível, porque tá na cara que eles vão armar emboscadas e tentar levar a gente pros campos minados. Já falei com o comando geral e me garantiram apoio aéreo de helicópteros, se preciso for. Mas o qu'eu acho é que melhor não usar helicóptero nenhum, porque daí os contrabandistas podem ficar amoitados e o sucesso desta missão depende de emboscá-los de jeito, antes ou depois deles pegarem o Aguiar e a corja dele.

Isso encerrou o assunto.

A gente foi dormir e durante a noite eu peguei duas rondas. Sonolento demais por causa dos remédios, ainda assim percebi que a tropa não tava tranquila. A situação não era do tipo que se enfrenta todo dia, não é?

De noite, minhas dores pioraram um pouquinho com a caminhada da ronda e mais ainda na madrugada. O sono foi dos mais atrapalhados. Quando o sol raiou eu tomei meus comprimidos e me senti melhor.

Quando deu umas oito horas um sargento do Aguiar apareceu, acompanhado de uma dúzia dos seus macetosos. Índios, caboclos e brancos barbados que antes tinham sido oficiais e suboficiais. Eram um molambentos. Os uniformes tavam todos rasgados ou dobrados fora do padrão e alguns até usavam estampas de camuflagem estranhas, *jeans* e coisas que deviam ter vindo de contrabando. A sensação era de qu'eles tinham deixado de ser soldados fazia algum tempo.

Cava daqui e cava de lá, eles foram desenterrando

os tesouros. Tinha mais ouro e pedras semipreciosas do qu'eu tinha pensado, mas o grosso mesmo eram peles e couros de bichos, desses que fazem sucesso vestindo as madames e os ricaços na Europa e no Japão – pele de onça-pintada e suçuarana, couro de jacaré e de sucuri, um monte de bicho que esses *bando* tinha matado com munição do E. B. Me deu uma raiva tão grande qu'eu pensei em dar uns tiros ali mesmo, mas me segurei. Fiquei andando em volta dos desgraçados, fazendo cara feia, segurando o fuzil com tanta força e vontade que doíam os antebraços. O Tadeu, quando me viu assim, acho que pensou que melhor era ter me mandado com as esquadras que foram montar emboscada no rio. E só não mandou porque me queria no grupo que ia dar perseguição aos amotinados. E pra evitar atritos, mandou o Nabuco pra um dos pontos de emboscada.

Tinha outra coisa que me incomodava. Eu tinha tomado um monte de decisões graves, raciocinado mais rápido do que a velocidade com que obtinha informações, e agora batia a insegurança. Um medo cavalar de estar errado, de ter cagado o pau e posto tudo a perder, os meus anos todos de serviço. Porque eu não sabia de *nada*. E as coisas qu'eu não sabia, os buracos todos no meu raciocínio, tinham escolhido essa hora pra se apresentar. SEALS ou não SEALS. Contrabandistas escoltados por mercenários. Comandos brasileiros armando um novo *round* nessa guerrinha suja, o capitão da nossa companhia aceitando o esquema deles. Soldados brasileiros amotinados ameaçando atacar aldeias de índios indefesos. Até a história doida do Chico Parima – que na certa ele tinha inventado depois de se encher de cocaína boliviana – vinha me assombrar.

Quando os vagabundos tavam quase prontos pra dar o fora, carregando os sacos de ouro e peles, aconteceu essa coisa ainda mais doida, que virou tudo ainda mais de pernas pro ar. Foi quando o helicóptero francês apareceu.

No começo ninguém deu muita bola. Era só um helicóptero vindo dos lados do rio, ainda bem longe. Então o Tadeu me fez um sinal, espalmando a mão duas vezes, que significava "fica alerta" e o sargento enviado do Aguiar deu um berro:

– Que porra é essa?

Eu virei pra ele e falei, porque agora eu já reconhecia o modelo, um Aéroespatiale Ecureuil:

– Um helicóptero *francês*, seu babaca! Não é dos nossos, então vai ver que é seu. É assim que cês vão levar o ouro daqui?

Mas o nego só ficou lá, de boca aberta, e eu demorei pra entender qu'ele não fazia a menor ideia do que o surgimento do helicóptero queria dizer. Mas isso só ficou claro pra mim quando uma rajada de traçantes irrompeu da mata, disparada contra a aeronave.

Eu não vacilei, gritando pra uma posição de metralhadora:

– Fogo! Atira na direção de onde vêm os tiros! Fogo nesses vagabundos!

E também mandei os desertores caírem de boca e ficar co'a mão na cabeça. Tadeu saiu correndo com o Coutinho e os comandos, contra a posição de onde os homens do Aguiar tinham atirado no helicóptero, denunciando o local da emboscada qu'eles tinham armado se a gente tentasse ir atrás deles depois que fugissem com o ouro. Um dos nossos

CBTPS foi atrás, orientando os tiros e mandando fogo com a metralhadora DShK. Em vez de ir com o grupo de reação, fiquei pra coordenar as ações que fossem necessárias dentro do perímetro.

O Ecureuil tava pintado de camuflado e tinha uma estrela da FAB na cauda. Isso era um negócio muito louco porque o Brasil nunca ia conseguir comprar uma aeronave *très chic* dessas da França, que era nossa inimiga, e eu nunca soube que a gente tivesse capturado uma da Guiana. O aparelho tinha recebido uns impactos e descia bamboleando no ar, num voo incerto. Ia pousar dentro do perímetro. Fiquei desconfiado e reuni uma esquadra perto do *bunker* do comando, enquanto ele pousava. Ordenei aos berros que apontassem os fuzis pros recém-chegados e aguardassem comando de fogo.

No meio da poeira vi que um cara saiu do lado que devia ser dos passageiros. Ele tinha um fuzil do tipo L1 que os ingleses tinham usado até pouco tempo. Era um cara grandão, tipo gringo mesmo, e ele saiu gritando, em *português*:

– Quem são esses filhos-da-puta? Tem um ferido aqui!

Aí eu berrei:

– Pois vai ter muito mais se 'ocê não jogar fora esse fuzil AGORA seu mocorongo!

Ele olhou assustado na minha direção, mas ainda segurava o fuzil.

– Eu vou contar até cinco – gritei –, e aí se não largar o fuzil você é peixe morto, cara! *Três*! Quatro!...

Ele jogou a arma no chão.

Mandei ele pôr as mãos atrás da cabeça e ele cumpriu. Então falei pros outros saírem sem as armas e deixarem o ferido dentro do helicóptero. Quando os caras saíram mandei o Tosta ir cuidar dele. E ordenei que os recém-chegados viessem andando na nossa direção, com as mãos na cabeça.

O primeiro deles, o grandalhão, foi chegando perto de mim, escorregando na lama. Ele me olhou assustado e aí abriu bem a boca e falou:

– *Bertinho!* O que cê tá fazendo aqui?

O grandalhão e os seus companheiros do helicóptero estavam sentados no chão do *bunker* do comando. Eu, o cabo Magalhães e o soldado Cides távamos com eles. O homem ferido estava sendo tratado por Tosta de um ferimento leve no pescoço. Eu tava em pé, na entrada do *bunker*, ouvindo o barulho dos disparos que vinha da floresta. Nosso pessoal tava guarnecendo as posições de metralhadora e de morteiro. Tinha acabado de me comunicar com o Tadeu por rádio. Eles tinham pego alguns dos renegados e o Tadeu, o Coutinho e o resto do grupo de reação tinham seguido em perseguição aos outros. Alguns soldados nossos estavam subindo com três prisioneiros e feridos de ambos os lados. Eu já tinha pedido socorro médico, que não ia chegar tão já por causa do mau tempo pros lados da base, mas agora era a vez de encarar os nossos visitantes, embora no momento isso fosse a última coisa qu'eu queria fazer, porque eles vinham trazer um problema pro qual eu não estava – *ninguém* tava – preparado.

Veja bem: o tal grandalhão…

Acho que já mencionei nesta gravação que tinha recebido carta do meu amigo Carlos Palla, Carlos Adalberto

Palla, qu'era amigo de infância, colega de escola do Tonho e que também tinha estado com o Tadeu tanto na Escola Preparatória do Exército quanto na Academia das Agulhas Negras. A coisa mais difícil é esse sujeito escrever alguma coisa – uma carta dele era duro de imaginar, mas ele tinha escrito, dizendo que fazia um exercício de grande vulto no Brasil central.

Quando vi que era *ele* o grandão com cara de gringo que tinha descido do helicóptero, fiquei surpreso. Com ele se dirigindo a mim pelo apelido de infância, tão assustado com minha presença ali quanto eu com a dele. Mas não fiquei *chocado*, entende? Acho que a carta dele fez com o Carlos tivesse próximo, num certo sentido, e também havia o tiroteio, a agitação... Mas agora as coisas estavam se aquietando, e tava na hora de encarar a presença dele e daqueles outros militares vestidos com uniformes estranhos e usando armas estrangeiras, que haviam chegado em um helicóptero fabricado pelo inimigo.

A primeira coisa que fiz foi perguntar quem eram, e o Carlos me disse que eu só podia tá brincando. Então mandei recolher os documentos deles todos. Eu tava tremendo enquanto lia a identidade militar dele. Dizia que era o capitão da arma de cavalaria Carlos Adalberto Palla, do Exército Brasileiro. O nome dos pais eram os mesmos, e o ano de nascimento, segundo o qu'eu sabia. Mas o *documento* não era do E. B. no tipo de impressão, nas cores e coisas assim. Os documentos dos outros diziam que também eram militares nossos. Peguei as armas que a gente tinha tomado deles. As pistolas eram de um modelo italiano, mas as marcas diziam que eram feitas pela Taurus brasileira. Os fuzis não eram o modelo inglês do L1, mas o

FAL belga. Só que as estampas no metal diziam que eram fabricados pela IMBEL, e tanto os fuzis quanto as pistolas tinham o brasão do E. B. A munição de 9 milímetros e 7,65 era da CBC. Tudo muito louco.

Fiquei apalermado. Sem saber o que pensar. Então tirei a minha própria identidade e passei ela pro Carlos. Ele olhou e disse:

– Não tô entendendo nada, Bertinho. Este documento é falso, e você, o que cê tá fazendo aqui com esse bando fardado e essas armas qu'eu nunca vi? Você nem é militar mais… E esse tiroteio, o que é?

– Olha, Carlos. – Só dava pra aceitar que *era* o Carlos. Comecei a falar usando a voz bem baixa, que era pra acalmar tanto a mim quanto a ele. – Tem alguma coisa estranha acontecendo aqui. Uma coisa estranha pra nós dois, então nós vamos com calma. Me diz que história é essa de dizer que eu não sou mais militar.

Ele me contou. Disse qu'eu tinha dado baixa do 28.º BIB em 1985. Que eu hoje era escritor de ficção científica, casado com uma médica homeopata de São Paulo chamada Finisia Fideli, que também era escritora desse mesmo gênero de literatura. Disse que eu e ela tínhamos um filhinho, chamado Roberto Francisco. Perguntei de onde tinha vindo esse "Francisco" e ele disse que achava que era o nome do pai dessa moça de nome esquisito.

Escritor de ficção científica… Eu também tenho veleidades literárias. Publiquei uma narrativa, sob pseudônimo, em um volume editado por uma editora pequena do Rio. Foi uma antologia de histórias sobre militares em serviço na Amazônia. Isso foi há três anos, quando o 28 fez um exercício na fronteira com a Venezuela. Mas *ficção científica*?

Fiz que sim e mandei o Carlos continuar.

Foi falando e contou qu'eu estudava Letras na Universidade de São Paulo. Morava na capital com essa moça e o menino – o *outro* Robertinho. Disse que ele mesmo era casado com uma moça chamada Vanda e que tinha um par de gêmeos, cujo nome eu não guardei. Ah! Um deles tinha o nome do pai do Carlos, Otávio. Era tudo muito estranho, porque o Carlos *que eu conhecia* era solteiro. Falou também dos nossos amigos em comum porque eu pedi pra ele falar. O Tadeu tinha sido desligado do E. B. no último ano da ESPCEX, por causa de um exame psicológico – não, *psicotécnico* – que um general burocrata qualquer tinha inventado e que ele e outros alunos que tinham bombado no exame entraram com uma liminar e foram pra AMAN, mas que o Tadeu e esses outros acabaram sendo desligados mesmo.

Achei tudo uma doideira só. Impossível pra mim ver o Tadeu fora da sua condição de oficial do Exército – e que general cretino ia se desfazer de um oficial desse quilate por causa de um exame que o Carlos descreveu como do tipo exame psicotécnico, desses mesmo que não desaprovam ninguém que esteja tirando uma merda duma *carta de motorista*!

Mas o Carlos continuou contando. Disse que meu irmão não era um oficial dos Fuzileiros, mas do Corpo de Bombeiros da Polícia Militar de São Paulo. Perguntei o que os bombeiros tinham que ver com a PM, e ele só me olhou abestalhado. Falou que o nosso amigo Kleber Fernando dos Santos, sargento da Força Aérea, não estava alocado na Base de Manaus, fazendo a manutenção da nossa força de helicópteros, mas sim na Base de Guarulhos.

Tudo isso durou cinco minutos. Os outros soldados sob o meu comando presentes ao interrogatório tavam em silêncio, porque tavam pressentindo que aquilo tudo não podia ser só um embuste.

Peguei a carta que tinha recebido dele.

– Dá uma lida nisto aqui – falei.

Ele pegou e leu.

– Eu não escrevi isto... Mas a letra é minha, a assinatura...

– E os erros de pontuação.

– Tô ficando louco ou o quê?

Mandei o Carlos ficar quieto por um minuto e olhei bem pros outros caras que vieram com ele. Uma coisa tinha aparecido no meu pensamento, sabe, e chamei um oficial muito branco, com um bigode louro, vestido com macacão de piloto.

– Deixa ver o seu plano de voo – eu pedi.

O oficial hesitou. Deu uma olhada pro Carlos, que fez que sim com a cabeça. Aí o piloto puxou o plano de voo dum bolso da calça do macacão.

Peguei o papel plastificado e comparei o trajeto do helicóptero com as cartas da região que a gente tinha no *bunker* e o qu'eu vi comprovou esse meu vago pensamento – para começar, o traçado da fronteira tava todo errado; mas o que importou mais é que eles tinham sobrevoado o nosso afluente do Jari, no ponto que Chico Parima mencionou pro Daniel Costa. Um lugar onde o rio fazia um s e se alargava. *Um lugar onde dois sonhos de realidade se comunicavam.*

Nesse minuto, acreditei.

Que fosse então que duas realidades, dois universos, se cruzassem n'algum ponto do afluente do Jari. Mas como explicar todas as coincidências? Que o nosso amigo Carlos Palla fosse um dos sujeitos que atravessaram de *lá* pra *cá*? Que eu tivesse comigo uma carta dele – não, do *outro* Carlos que vive aqui? Na hora pensei qu'era a própria guerra que turvava as coisas, que ela se transformava num espaço e tempo do sobrenatural, pra dobrar a realidade num só redemoinho de águas pretas. Pensei nos casos que tinha lido ou ouvido contar. A bala de um fuzil, na I Guerra Mundial, que entrou pelo cano da arma do inimigo. De anjos descendo do céu pra salvar uma tropa, no calor da batalha. Da intuição de um comandante, que tirou na hora-H os seus homens de uma emboscada certa. De atos de heroísmo tão extraordinários, tão difíceis de conceber, que os heróis deixavam a categoria dos bons soldados pra entrar na dos seres mitológicos. E neste canto em guerra-de-guerrilha da Amazônia, tudo era capaz de acontecer – como soldados de uma mesma força lutando entre si pra roubar da floresta que tinham a missão de defender. "A guerra tem destas coisas, contar é que não é plausível."

Olhei pro meu relógio de pulso e tomei uma decisão. Mandei camuflar o helicóptero e esconder Carlos e seus amigos.

Camuflar um *helicóptero*. Falar é fácil... Felizmente a gente tinha redes-de-camuflagem sobrando – as usadas pra camuflar os blindados –, além de folhagens e galhos abundantes em volta. Demorou quase quarenta minutos, e só por sorte que os nossos Mil Mi-8 chegaram quando o serviço já tava feito. No meio tempo, Tadeu também voltou com o grupo de reação – e uma porrada de prisioneiros e feridos feitos entre os homens de Aguiar. Mas do filho-da-puta-chefe, nada. Por cinco minutos o posto foi o centro de um pandemônio – os helicópteros girando as hélices em ponto-morto enquanto feridos, parte dos prisioneiros e o contrabando apreendido eram embarcados e nossos morteiros 106 disparavam contra posições que o Tadeu determinava.

Quando os homens de Aguiar recuaram, o grupo de reação não pôde perseguir eles por muito tempo. Eles se meteram em trilhas no meio da floresta e subiram elevações que nós não conhecíamos e que poderiam levar até emboscadas. Foi o sargento Coutinho que pediu maior cautela e um avanço mais lento, pra minha surpresa. Não batia com a imagem impetuosa dos comandos.

Depois que os morteiros se calaram, que os Mil Mi-8s tinham partido, foi que o Tadeu notou a forma camuflada do Ecureuil.

– O que é *aquilo*, Causo?

– É uma longa história, Tadeu. Por que 'ocê não descansa um pouco e depois eu te conto tudo?

– Acho que nunca me senti tão cansado na vida – ele falou. – Essa perseguição na floresta… O pior é qu'eu senti que a gente tava quase fechando em cima dos homens do Aguiar. Eles não iriam longe se a gente tivesse sido um pouco mais rápidos. Mas no fim, acho que o Coutinho tava certo. Melhor deixar passar a chance, do que cair numa emboscada.

"Mas é melhor você me explicar o que aconteceu aqui, *agora*, Causo. Porque s'eu tirar um tempo pra descansar, só acordo amanhã."

Eu só pedi pra ele ir comigo até onde o Carlos e os outros estavam. Não adiantava explicar nada sem antes mostrar tudo o qu'eu já tinha visto e reencenar as coisas que já tinha discutido com os outros.

Depois de ter ouvido tudo, examinado as evidências, feito suas próprias perguntas, o Tadeu, com a voz mais rouca que o normal, concluiu com uma última questão dirigida em voz baixa a Carlos e seu grupo:

– Não sei o que tá acontecendo, mas o qu'eu quero saber neste momento é: o que a gente faz com *vocês*?

Durante o novo interrogatório, eu tinha tido tempo de pensar justamente nessa questão e no que fazer a seguir. Dei um passo adiante e expus e eles todos o que eu achava.

Começamos a conversar a respeito e no meio da conversa chegou uma notícia de uma das emboscadas que a gente tinha montado no rio. Três hidroaviões, de modelo civil, tinham sobrevoado o rio, indo rumo à parte mais alta, onde Aguiar e os seus homens deviam estar. Com essa a gente não contava, porque nossa previsão era que os amotinados iam ser extraídos via barco. Os aviões tinham passado fora da linha-de-tiro dos grupos de emboscada, porque senão o Nabuco teria mandado fogo neles, na certa.

Tadeu deu um pulo de onde tava sentado e correu pro rádio pra pedir interceptação aérea, mas nós dois sabíamos qu'ia ser difícil. Estamos na fronteira com as Guianas, e o espaço aéreo delas é protegido por caças à jato da França e dos Estados Unidos, dos mais modernos qu'eles tinham, e os nossos caças não iam se arriscar contra eles. Tchau-tchau, Aguiar. Desta você escapou. Mas me pergunto o que os traficantes iam fazer com ele quando soubessem qu'eo babaca tinha deixado a sua fortuna em ouro e peles co'a gente. Justiça poética direto do inferno, era o qu'eu pedia pra ele.

Aguiar, no fim, era um problema a menos. Talvez ele tivesse deixado parte do seu pessoal pra trás, mas eles agora eram um bando sem destino ou comando. Era hora de pensar nos problemas que restavam.

Depois que'o Tadeu ditou suas instruções pr'a tropa, abrindo o jogo e admitindo que alguma coisa errada devia de'star acontecendo por ali e que a gente esperava uma tropa de elite americana operando na região, fui procurar o Coutinho. Os comandos não tinham participado. A gente não ia dizer a esses paranoicos que tínhamos quatro sujeitos vindos de uma outra dimensão hospedados com a gente. Eu é que ia fazer a sondagem.

Fui com medo.

Medo.

Medo da reação do Coutinho. Um cara grande assim assustava. Eu já tinha feito treino-de-luvas com lutadores mais pesados e sobrevivido, mas não recomendava. Mesmo num treino, onde não se usa toda a força, os socos de um colega mais pesado machucam. Às vezes é como uma paulada – dura, te sacudindo inteiro, fazendo os braços formigarem. Se o Coutinho quisesse sambar comigo, ia ser parada dura. Talvez eu até desse conta durante alguns lances, mas não por muito tempo. Só que o negócio é que não ia ser uma *luta*. Esse comandos são assassinos. Eles não lutam, eles *matam*. Eles miram na garganta ou no saco ou logo puxam uma faca ou te metem uns tiros e depois passam por cima e acabou.

Entrei tremendo no *bunker*, as pernas duras. Mas não era só o medo *deles*. Era o medo das coisas qu'eu tava pensando, as coisas qu'eu tinha pra falar. Porque tudo isto era muito... Não. *É* muito estranho. E enquanto cê só *pensa* a respeito, ainda é uma coisa que dá pra conviver. Mas quando você fala sobre ela, a esquisitice aparece viva na sua frente, e 'ocê tem que lidar com ela.

Antes de ir até os comandos, eu tava lutando contra o impulso de deixar passar, de esquecer, de acoxambrar. Mas o que fazer com um problema que tá mais pra sobrenatural que qualquer outra coisa? Só de pensar dá vontade de achar um canto pra dormir. É como subir um morro com um ninho de metralhadora bem no topo. Chega uma hora que cê quer mesmo é deixar o corpo cair e escorregar encosta abaixo, se encolher atrás de uma pedra e apagar. É como um sujeito perdido num deserto. Se ele achar um arbusto com uma sombra ele deita ali e morre. Mas enquanto estiver andando ele tem uma chance. Com nove anos de vida na infantaria, sou tão bom em cair no sono em qualquer lugar quanto qualquer outro. Já dormi em pé encostado numa árvore, dentro de um CBTP chacoalhante, no fundo de um espaldão de morteiro e até numa poça d'água.

Às vezes a vontade de fugir de um problema é grande demais e com frequência a gente só enfrenta um tiroteio ou uma progressão sob fogo porque já tamo lá e não dá pra fazer outra coisa. Tem um nome pra isso e é covardia. Covardia é a coisa mais normal prum soldado em combate. E o corajoso, o bravo, muitas vezes só alcança essa condição depois de ser encurralado nas cordas.

O que era tudo isso que tava acontecendo depois que o Carlos desceu daquele helicóptero? Como é que ele podia ser o que não é? Parece qu'ele veio de um lugar como o meu, mas que é e não é. Só de pensar me dava um nó na cabeça, que nem quando se leva um golpe tão forte que tudo escurece e cê não sabe mais o que fazer com os braços e as pernas e dá vontade de sentar na lona e esquecer do assunto.

E era isso que eu queria. Beijar a lona e ficar lá.

Tenho sido um covarde a maior parte da vida. Minha filosofia é ficar na minha, tentar fazer o que é certo, mas também deixar passar muita coisa qu'eu achava que não tinha importância. Já engoli muito sapo. Uma lagoa deles. Mas eu digo que, quando a coisa é *realmente* importante, eu vou lá pro "ou vai ou racha". Foi assim quando decidi que a Meire ia ser minha mulher. Também quando decidi que ia continuar no Exército.

Quando decidi mandar aquela carta pelo Daniel.

Agora eu tinha que decidir o que fazer desse... encontro de dois mundos. Então eu senti aquele arrepio, sabe? Esse medo-que-não-é-medo, a vontade de estar no lugar sobrenatural e olhar bem fundo no escuro e ver o que tem lá. Então eu decidi.

Primeiro o Coutinho.

Fui direto e falei que pra mim os comandos tavam patrocinando as minas que os amotinados usavam. Tam'ém achava que o patrão deles, o Gazin, mandou os caras pra cá pra cobrir as coisas. Qu'eu achava que o Coutinho tinha protegido o traidor do Aguiar, quando pediu pra abortar a perseguição.

– *Traidor?* – ele perguntou, como se estivesse com nojo.

– Isso mesmo. Um filho-da-puta que atacou soldados do

seu próprio exército e que tava contrabandeando as riquezas do país pra fora, junto com traficantes de drogas e peles. A gente tá aqui pra proteger o território, lembra? E esse bando de *desertores* tava espoliando a terra.

Houve um segundo de silêncio entre nós. Me ocorreu, então. Acobertamento. Era isso. Aguiar tinha feito um acordo com os comandos ou quem quer que fosse que estava por trás da distribuição de minas terrestres. Ele espalhava essas porcarias, eles deixavam ele sozinho, construindo a sua fortuna.

Pensei que Coutinho ia sacar a pistola, mas ele só ficou me olhando. Então eu falei:

– Só tô falando o qu'eu acho. Isso não me interessa. – E era verdade. De nada adiantava confrontar Coutinho aqui ou Gazin na base. Se o assunto dos amotinados ia ser levantado por alguém oficialmente, além do Tadeu, quando ele fizesse o seu relatório ao Capitão Pimentel, o borra-botas, seria pelos jornalistas do jornal de São Paulo a quem eu tinha mandado aquela carta pelo Daniel Costa. Continuei falando: – O que me interessa é ter vocês co'a gente numa operação que tamos montando.

– Por que cê tá falando isso? – ele perguntou, desconfiado, me olhando com aqueles olhos claros dele.

– Porque se 'ocê passar um rádio pro Gazin, dando missão cumprida, eu tenho certeza de que ele vai mandar que 'ocês voltem pr'a base e nós não queremos isso, porque vamos precisar de alguns dias pra montar essa operação. Vamos dizer que ainda há atividade dos desertores por aqui e que queremos vocês co'a gente pra montar patrulhas, porque a gente acha que o Aguiar ainda pode estar por aí.

– Mas isso é mentira…

– Não é, porque a gente não sabe se o Aguiar embarcou naqueles hidroaviões. Nós temos indicações de que uma tropa de elite americana tá operando na área, testando um dispositivo secreto de algum tipo, e ajudando os guerrilheiros. Olha, não vamos brincar, tá bom? Você sabe qu'eu comuniquei ao Gazin o caso dos SEALS. Cê já ouvi falar deles?

– Já. Uma tropa anfíbia da marinha…

– Isso. Das mais fodidas que tem. Um deles foi morto por uma mina. Assim que a gente soube qu'eles tavam por aqui. Agora a gente acha que localizamos ond'eles tão. Se você deixou aquele traidor do Aguiar fugir, eu tô cagando e andando. Sei que vocês comandos acham que tão acima dos soldados regulares, então você não esquenta a cabeça com um cachorro que nem o Aguiar, que manda atirar nos colegas. Mas achei que cê não ia perder a chance de saber se o seu pessoal é capaz de dar conta de uma tropa como os SEALS.

Isso acendeu uma luzinha nos olhos dele, com'eu pensei. Coutinho ficou pensando alguns minutos. Fui pra entrada do *bunker*, olhar a chuva. Dali eu podia ver também a figura cabisbaixa do Coutinho, matutando sobre tudo o que eu disse. Ia na conta dele, com certeza, que descobrir que os SEALS operavam na área seria uma nova chance de aquecer o conflito. Mastigava a bochecha, e nesse instante ele pareceu um menino super crescido e preocupado demais pra idade.

A chuva caía num sossego só. Não tinha muito vento agora e então ela caía reta e cê podia ver gotas e gotas se estendendo de onde a gente tava até o outro lado do rio.

Lembrei que quando eu era moleque e não pensava nada sobre a guerra, passava horas olhando a chuva, da área em frente de casa. Naquela época não tinha nada atravessando a avenida, e depois a linha de trem que corria em paralelo, e descendo o descampado imenso até a beira do rio, e do rio até o horizonte lá em cima, e a chuva se batia tudo desse mesmo jeito, deixando uma névoa azul no ar. Lembrar disso me fez esquecer da guerra.

Então ele me chamou com um assovio.

– Pode contar com a gente – ele falou, com uma voz mansa que me deu mais medo do que quando ele meteu a mão no coldre, um minuto antes. – É pra desafios como esse que a gente treina. O Gazin vai ratear, mas eu me viro com ele. Eu sou o homem do peito dele.

Era isso qu'eu queria ouvir. Que eles topavam o desafio.

– Cê tem colhões – Coutinho disse. – Quando a gente veio pra cá no transporte aéreo, pensei que cê era um viadinho. Se a gente vai sair no tiro com esses norte-americanos, cê vai com a gente?

– Pra garantir que cês não vão cagar o pau.

Ele riu. Sabia que os comandos eram a única chance nossa contra os SEALS. Então baixou os olhos.

– Escuta, quando me mandaram pra cá, não sabia que Aguiar era um traidor.

Fiz que sim com a cabeça. Coutinho era um bom sujeito. Às vezes é bom apostar que o outro é um bom sujeito.

Saí. Saí de lá do jeito que entrei – tremendo.

Medo?

Levamos dois dias só pra montar a operação no ponto onde o rio fazia o S. Dois dias pra chegar até lá, em marcha sigilosa no meio da selva, e montar as posições de metralhadora, determinar campos de tiro e rotas de fuga. No terceiro dia a gente esperou. Pra ver se aparecia alguém, guerrilheiro ou soldados de elite do Tio Sam. Nada. Só aquele estranho silêncio do qual tinha falado o Chico Parama, em que não se ouvia nem os espíritos. Tudo quieto, como se a mata aguardasse o canto do uirapuru.

Trouxemos todos os comandos, mais dois GCs reforçados com as DShK em tripés, os FARA de todo o pelotão e os granadeiros. O Tadeu tinha ficado na base, pra segurar as pontas com os oficiais superiores e pra guardar os nossos... *hóspedes* de outra dimensão.

Então na manhã do quarto dia caiu um banzeiro. Em dez minutos o céu escureceu e veio uma daquelas chuvonas de fim-de-mundo. Dilúvio é conversa fiada! Tempestade tropical é pra valer. Nessa hora não dá pra fazer muita coisa além de apostar na resistência do material e colocar alguma coisa em cima da cabeça pra poder respirar, de tanta água que ameaça entrar no seu nariz e na boca. E o vento e o escuro que desce? Mas depois de um minuto se ajeitando, tirando os macetes das mochilas e protegendo as armas da enxurrada, tava tudo em posição de novo e foi aí que a gente viu.

Viu esse cone que descia do meio das nuvens escuras até a água turbulenta do rio, feito um pilar de *qualquer coisa* indistinta que só aparecia porque as gotas de chuva ali brilhavam de uma maneira diferente, como se fosse água envolvendo uma nesga de sol que varasse as nuvens durante um eclipse.

Às vezes um raio rasgava das nuvens direto por dentro desse cone – meio que "canalizado", sabe? –, explodindo com uma luz que parecia amarelada. Aí os limites, as "paredes" do cone, ficavam que nem vidro e dava pra ver formas dançando dentro delas, formas estranhas que não tinham nada a ver com o que a gente esperava. *Coisas que vazavam de lá pra cá, e de cá pra lá.* Mas o *quê*? Não sei. Pareciam fantasmas esvoaçando – fantasmas de pessoas e bichos, fantasmas de florestas e de cidades. Formas girando feito aqueles hologramas antiquados, imagens que apareciam e sumiam em frações de segundos, às vezes imagens de guerras, veículos e aeronaves de desenho estranho explodindo ou se atirando contra o inimigo. Gente morta por toda parte. Mortos que vinham de lá, mortos que iam de cá. Se isso era um poço a dar passagem pra duas versões do mundo, não eram versões muito diferentes, e isso, mais que tudo, me deu um aperto no coração.

Dava medo. Calafrios que não subiam pelas costas por causa do aguaceiro. Minha cara ficou quente, meus dentes bateram e o nariz ardeu como se tivesse levado um direto e lágrimas escorreram, pulando dos meus olhos e descendo pra se misturar com a chuva. Medo sim. Mas depois de alguns minutos admirando essa coisa estranha e maravilhosa a gente meio que despertou e voltou pro que interessava, reajustando amarrações-de-tiro e dando sequência ao plano.

Pra gente se posicionar a montante desse ponto, desse... espaço que o banzeiro nos permitiu identificar, levou quase uma hora e não ficava a mais de seiscentos metros do ponto de reunião. Progressão na selva é essa merda – ainda mais tão perto do entramado que se forma perto do rio. Qualquer avanço leva horas e te deixa esbodegado. Aí gastamos mais uma hora pra cortar os galhos que íamos precisar, separando das árvores que'a gente sabia que davam mais flutuação. No meio tempo, o banzeiro passou, veio e voltou duas vezes. Quando ele ia embora, o cone desaparecia e ficava apenas uma mancha indefinida na superfície do rio, um borrão, tão discreto quanto a película de água que embaçava as lentes dos meus óculos. Nesse instante percebi o que era. Um dispositivo perfeito de camuflagem. Tinha *alguém* ali, e não eram fantasmas.

A chuva nos ajudava com a barulheira infernal qu'ela fazia, porque cortar os galhos não foi fácil. Jogamos tudo na água e fomos descendo o rio, metidos na turbulência, agarrados aos galhos flutuantes pra não afundar. Era como tentar se manter à tona em água fervendo. O rio no banzeiro forma ondas e as gotas vêm de cima e de baixo, de todo lado, como se a atmosfera ficasse líquida.

Fiz questão de participar do grupo de assalto, composto na maior parte, claro, pelos comandos. Eles até me emprestaram uma sub nove milímetros do tipo M-2, finalmente, mais leve que o fuzil M-3. Trouxe o Cides e o seu FARA comigo, além de dois soldados que já tinham se dado bem em combate antes. O resto eram os homens do Coutinho. Todos lutavam pra manter os galhos flutuantes mais ou menos no centro do S, batendo os pés e as mãos, enquanto tentavam segurar as armas pra fora d'água, apoiando elas sobre os galhos. Pensando nisso, a gente tinha cortado galhos que fossem finos e leves, mas cheios de folhas, e os comandos tinham um tipo de colete salva-vidas que inflava e garantia flutuação. Ainda assim não foi a coisa mais fácil em qu'eu já me meti.

A chuva amainou um pouco enquanto távamos mais ou menos no meio do caminho. A meio caminho do que a gente pensava que fosse uma ilha ou uma embarcação, que sustentava o aparelho usado pra produzir a camuflagem – a *invisibilidade*, melhor dizendo.

De repente senti um terrível enjoo e tontura, um pouco como se eu tivesse num helicóptero que decolava abruptamente. A vista ficou escura, e no segundo seguinte lá estava – a ilha.

Era quase circular e devia ter uns cinquenta metros de diâmetro. Uma coisa pequena, ilha fluvial cujas árvores foram na maioria derrubadas – é claro, os SEALS não precisavam delas como camuflagem. Apresentava uma variedade de barracas grandes e outras construções que a elevação do terreno não permitiu que a gente, no nível da água, visse. Mas a primeira coisa qu'eu vi foi esse *homem*, um cara musculoso *pescando*, pura e simplesmente, sentado em uma pedra na beira da água, embaixo de uma proteção plástica contra a chuva, com uma submetralhadora alemã descansando do lado. Ele deu um pulo e ficou em pé quando viu o que pra ele devia ser um ramaria flutuante surgir do nada e ir parar numa pequena praia da ilha. Os reflexos do sujeito fizeram ele agarrar a arma, mas o fato dele estar vendo apenas galhos e folhas o deixaram por um momento vacilante. Pra manter todo o nosso pessoal coberto, tivemos que cortar e amaranhar galhos que davam a impressão de ser uma árvore inteira boiando rio abaixo, arrancada da margem pelo banzeiro. Imagino o que esse soldado norte-americano teria pensado. Se tivesse tido mais alguns segundos, talvez tivesse percebido que o que parecia uma árvore era composto de galhos relativamente finos e leves, ou visto um rosto escurecido de camuflagem aparecendo entre as folhas. Mas ele não teve esses segundos. Um comando ao meu lado disparou a sua submetralhadora peruana no semiautomático com um *puf* de supressor que foi totalmente abafado pelos sons da chuva.

Passamos pelo corpo caído entre a vara de pescar e a arma, e seguimos para um barranco que havia logo ali. Coutinho mandou dois esclarecedores darem uma espiada, caminhando pelos flancos, enquanto o resto dava proteção. Os dois voltaram depois de um tempo que pareceu interminável e conferenciaram rapidamente com o Coutinho. Ele então voltou pra prainha com os cabos e sargentos e desenhou na areia molhada um croqui do que os esclarecedores tinham comunicado pra ele.

No centro da ilha tinha um aparelho que devia ser o gerador do que quer que fosse que produzia a invisibilidade. Do lado direito tinha uma central de comunicações via satélite. Na esquerda, barracas. Em volta, algumas posições defensivas de metralhadora. Na margem direita da ilha havia uma embarcação. Coutinho falava baixo e em jorros, realçando suas palavras com gestos.

– Granadas. Centro de comunicações. Três granadeiros, três salvas. Mesmo tempo, sinal pro nosso pessoal lá fora. Meu grupo, avança centro de comando. Grupo Cabo Ronaldo, defensivas aqui e aqui. Grupo Cabo Jonas, segurança da embarcação. Depois do primeiro choque, busca e destruição. Poupar o aparelho. – Se referia à máquina-de-invisibilidade. Não era idiota, o Coutinho.

Eu e o meu pessoal távamos com o grupo do Cabo Jonas, sob o comando dele. Não me interessava a hierarquia, nessa hora. O cabo dos comandos tinha mais experiência.

O Coutinho pegou a pistola-sinalizadora que tinha trazido com ele e disparou pra cima e pra esquerda, de modo que o sinal saísse do cone de invisibilidade e fosse visto pelos nossos homens nas margens. Ao mesmo tempo, os granadeiros, que tinham rastejado uns dez metros adiante, dispararam suas granadas contra o centro de comunicações dos SEALS.

Das margens veio uma barragem de fogo das metralhadoras. Feixes de traçantes que, pros nossos olhos, surgiam do meio do ar. Os tiros tinham sido amarrados contra a parte posterior da ilha – por pura estimativa, é claro – e muitos só atingiam a água. Mas os que chegavam até a ilha chamaram a atenção dos SEALS, que assumiram suas posições defensivas, apontando suas metralhadoras na direção de onde vinham as traçantes, deixando as costas livres pro nosso avanço. Se algum deles percebeu o sinal luminoso, não sei dizer. Não dava pra ver muita coisa, de ond'eu tava. Só sabia que eles respondiam ao fogo pelo som dos disparos de armas pesadas acionadas da ilha.

Meu grupo caminhou ao longo da margem direita. Logo vimos a tal embarcação. Nos poucos segundos imediatos qu'eu tive pra dar uma boa olhada nela, achei que era mais pra um tipo de minissubmarino do que uma lancha ou bote. Isso justificava a gente não ter tido nenhuma outra evidência de movimentação dos SEALS na área, fora aquele único que deu o azar de pisar numa mina.

Havia dois homem guardando o minissub, as armas em posição. Nessa altura o tiroteio já tinha irrompido na ilha enquanto os comandos atacavam as instalações. Nosso grupo primeiro jogou algumas granadas de mão contra a embarcação e os homens, sem um segundo pensamento sobre capturar o veículo intacto. Logo além dela, o rio e as margens ficavam borrados.

Mandamos fogo.

Um dos SEALS continuou respondendo fogo, depois que o seu colega caiu. Dividimos os seis homens do nosso grupo em dois de três. Eu fiquei com o Cides e o Goto, um japonês do meu pelotão. O Cabo Jonas e dois soldados comandos qu'eu não conhecia subiram pra tentar fechar em cima do SEAL, enquanto o FARA do Cides mantinha uma base de fogo. De repente o fuzil se calou no meio de uma rajada e eu vi que o Cides tinha levado uma na cabeça. Joguei a minha submetralhadora em bandoleira, mandei o Goto cuidar do ferido e peguei a arma dele. Quando Jonas disparou os primeiros tiros da sua posição elevada, eu me levantei e corri até a posição do SEAL, dando rajadas. Cheguei até ele no mesmo instante que o Jonas e os outros comandos. Não dava pra dizer quem tinha atingido o cara.

Jonas acertadamente mandou os seus homens e os meus guardarem o minissub até que a gente pensasse em um meio de mandar ele pro fundo do rio, e o Jonas e eu subimos pra ver o que acontecia no resto da ilha.

Durante o combate, Coutinho tinha disparado outro foguete de sinalização. O sinal pras metralhadoras suspenderem o fogo, pra evitar que a gente acabasse atingido pelos nossos próprios companheiros. Agora a coisa era no mano a mano, tiro-tiro-tiro comendo no meio da topografia da ilha e das barracas.

De onde eu e o Jonas távamos dava pra ver o centro de comunicações. As granadas não tinham pego em cheio – nota zero pros nossos granadeiros – e dava pra ver que ainda tinha muito equipamento em pé. Se alguma coisa fosse tipo equipamento de reserva, os SEALS podiam pedir apoio ou dar um alerta aos seus superiores – que provavelmente estavam em algum porta-aviões no Mar do Caribe.

Percebendo o perigo, falei ao Jonas:

– Essa porra ainda tá em pé. Vamos bater o lugar, se chegar alguém. – Fiz um "V" com dois dedos. – Dois ângulos de fogo.

Jonas fez positivo com o dedão e indicou uma pedra três passos à esquerda. Foi pra lá e eu subi pela direita. Achei o resto do tronco de uma árvore, me deitei ali. Ainda tinha o FARA comigo. Firmei o bipé e apontei o pesado fuzil.

Vi um homem com um AR-15 chegar correndo, curvado, até o centro de comunicações. Enquanto ele corria, não atirei. Então ele pegou uma maleta que parecia feita de metal fosco e a abriu. Era um desses terminais de satélite que os ianques têm. Uma antena parabólica ainda tava em pé, no centro de comunicações.

Ajustei o FARA pra tiro intermitente. Jonas atirou primeiro. Sua rajada só fez com que o americano movimentasse o corpo ainda mais para a direita, bem na linha da minha alça e maça de mira. Respirei fundo. O homem tinha cabelos brancos, talvez fosse o mais antigo na operação – deixei o fôlego sair –, o comandante? – mas prendi antes do fim – ou um sargento experiente? – e firmei a coronha contra o queixo – O que pensava? – e a mão esquerda firme na coronha – Em tirar seus homens desse inferno? – o dedo no gatilho puxando devagar – Em sobreviver ele mesmo? Em viver?

Meu dedo indicador não encontra mais a resistência do gatilho.

Um gesto minúsculo.

Um tiro.

Uma morte.

Voltamos para Cides e os outros. O rapaz tinha levado um tiro na face esquerda e sua bochecha tinha ficado pendurada, expondo o zigoma. Um dos comandos tinha treino de paramédico e começava a enfaixar o moço. Nada que uma cirurgia plástica não resolvesse – se o ferimento não infeccionasse, no clima úmido da floresta. Era o fim da guerra pra ele, o sortudo. Enquanto eu consolava Cides, ouvia disparos aqui e ali. Os comandos tinham vencido a batalha, surpreendendo os SEALS, e agora disparavam tiros de misericórdia. Nada de prisioneiros, nesta selva. Tínhamos que sair dali com os nosso feridos e o que pudéssemos levar de armas e documentos dos SEALS, antes que alguma surpresa acontecesse. Se acontecesse, a gente não queria nenhum desses caras perigosos por ali, mesmo que ferido.

Uma coisa já tinha acontecido. Olhando em volta, agora era possível ver com nitidez as margens do rio, onde antes havia só um borrão indistinto. A máquina havia parado de funcionar. Um mensageiro de Coutinho veio e contou, entre outras coisas, que eles tinham segurado a máquina. Ela tava inteira. Só tinham desligado.

Como eles acharam o jeito de desligar, eu não sei. Pensei numa coisa que me impediu de pensar em mais nada.

– Mande ligar de novo! – gritei. – Os norte-americanos têm satélites lá em cima, e se estiverem monitorado este ponto, vão ver uma ilha que surgiu do nada e vão saber que o esquema deles gorou.

O mensageiro saiu correndo e dali a cinco minutos o dispositivo foi reativado.

Talvez fosse tarde, talvez não.

O mensageiro tinha dito que as baixas do nosso lado eram de dois mortos e quatro feridos, contando o Cides. Era hora de se mandar dali com os feridos.

Soltamos uma fulmígena laranja para avisar, como a gente tinha combinado antes, que um dos nossos ia sair da ilha. Um dos comandos nadou até a margem e coordenou nossa retirada. As metralhadoras do lado esquerdo seriam deixadas no lugar. Não dava tempo pra passar elas e os tripés por cabo submerso até o lado em que ficava a base. Se desse, depois mandávamos alguém pra recuperar elas. Alguns dos comandos montaram um posto-de-observação na margem direita. Meu maior temor era de que os norte-americanos mandassem caças pra bombardear a ilha e impedir que a gente capturasse o equipamento. Do Mar do Caribe os caças-bombardeiros estariam sobre nós num piscar de olhos. Ou talvez mandassem uma nova equipe SEAL reconquistar o material. Os observadores iam nos contar o que o futuro reservava.

Passamos um rádio pra base e pedimos transporte e evacuação médica dos feridos. Agora já não havia motivo pra sigilo nenhum, e em algumas horas subimos a bordo dos helicópteros.

Deixamos pra trás uma pequena ilha fluvial despida de árvores e de vida humana. Do ar, era impossível divisar a ilha no meio do rio. Era tão insignificante que não constava das cartas, e pensando nisso imaginei que ela talvez nem existisse, habitando um ângulo cego do mundo, um ponto que os olhos não alcançavam, mancha borrada nas entrelinhas da história, espaço entre duas realidades. Talvez o combate não tivesse acontecido e esse foi um pensamento que abracei, insensatamente. Um pesadelo.

Mas e todas as mortes, nossos feridos? Olhei a cara enfaixada do Cides.

O cheiro de cordite em minhas mãos.

Lembrança de um homem de cabelos brancos na minha alça de mira.

Penso em você, enquanto gravo este relato. Penso em quem você pode ser, uma vez que acredito que não possa ser *eu*. Tenho uma religião, sabe? Talvez não seja a mesma que a sua, mas acredito nela e por conta dela acredito na unicidade e indivisibilidade do espírito. Eu sou um, e você, mesmo tendo o meu nome e o meu corpo e minha formação ou parte dela, é outro.

Mas o que isso implica? Nossos caracteres são diferentes, você é um outro espírito apenas ocupando o mesmo corpo, interpretando o mesmo papel que eu, com umas poucas diferenças no roteiro? O drama dos espíritos seria dessa maneira, com um número de papéis que todos, de algum modo, enfrentariam o desafio de interpretar, numa hora ou noutra?

Tudo é estranho demais... Os documentos que tomamos dos SEALS parecem indicar que um dos principais objetivos da missão deles era testar o equipamento de invisibilidade e o minissub fluvial. Durante o voo eu vim lendo o que pude, cifras e mais cifras e algumas indicações em inglês de dispêndio de energia e contagem de radiação. O resto, o grosso dos documentos, tava cifrado e pelo jeito iam dar trabalho pros S-DOIS de Brasília. Se esse era um dos principais objetivos, não era o único. Os caras também tinham com eles amostras de minérios e jazidas localizadas nas proximidades. Ganância dos ianques.

Uma caixa de pandora, essa merda acabou parecendo. Talvez até desse um acordo por baixo dos panos, entre Brasil e Estados Unidos, pra aliviar a pressão sobre a gente, talvez desse um escândalo internacional na ONU. Missão cumprida pra nós, de qualquer jeito.

O dispositivo de invisibilidade ainda tá ligado, e por isso a gente – Tadeu, Coutinho e eu – pensamos que dá pra mandar o Carlos Palla e os seus amigos de volta pro mundo deles. Nosso pessoal consertou o que pôde do helicóptero, com o material que a gente tem pra reparar os blindados, e o piloto acha que dá pra voar até o rio. E eu acho que é o *voo* o responsável pela visita inesperada do Carlos. Quer dizer, aqueles SEALS não ficaram indo e vindo, de uma realidade pra outra, enquanto espionavam a nossa terra, não é mesmo? O efeito deve se manifestar no alto, algumas centenas de metros acima da ilha, e não ao nível do solo...

Se eles conseguirem voltar, vão ter muito o que explicar aos superiores – os buracos de bala da fuselagem, o ferido e tudo. Acidente com arma, aposto que o Carlos vai alegar, apesar dos calibres serem diferentes. A única história capaz de colar. Depois qu'eles forem embora, só Deus sabe. Mais alguns dias e os ianques podem mandar aqueles caças ou a equipe SEAL. Aí a história vai ser outra, e talvez tudo esquente até estourar. Se minha denúncia feita à imprensa pegar então, dá pra ver a encrenca capital qu'eu armei. Meu legado. E digo isso com certo orgulho, admito. E só lamento que o Aguiar não tenha levado o dele, diante dos meus olhos. Pelo menos o Carlos não vai estar aqui pra pegar o rebote.

O *seu* Carlos. Diz que cê não é má pessoa, que é pacato, honesto e amigo. Tem uma família. Que se parece comigo, mas eu às vezes não posso me ver como alguém assim bom. Será que você sobreviveria um dia nesta selva? Sei do que falo porque vi e ouvi de muitos homens bons como você que tiveram um destino assim – pessoas que morreram sem a melhor chance. Vi muitas coisas tristes e terríveis nesta selva. São coisas incorporadas a mim, parte de mim e não são parte do que você é, e só isso daria pra nos definir como duas pessoas completamente diferentes. Você vive com gente frágil, que pode planejar o dia de amanhã e talvez até reclame de incertezas que têm pouco a ver com estar vivo nesse amanhã – um amanhã literal, o dia seguinte *mesmo*. Eu vivo com estes jovens duros que não podem se dar ao luxo da fragilidade. Cê não sabe o que é viver assim. Nunca vai saber, eu espero.

Não consigo ver a vida de outro modo. Só de olhar pra esse Carlos sinto alguma coisa se fechando na minha cabeça, qualquer coisa agredindo pensamentos que poderiam aparecer e que não têm direito a isso. Só posso pensar que, apesar dele e seus companheiros terem estado aqui, que um dos nossos mundos não existe, que só um é verdadeiro. É por isso, eu acho, que nós lutamos pra mandá-los de volta – porque não dá pra aguentar a presença deles e da alternativa qu'eles representam. Por que é então que tomei estas fitas de música sertaneja e o gravador do Moreira pra gravar em cima este relato, por que gastei a noite inteira nisso e por que tou mandando estas fitas pra você, através do Carlos? Porque, apesar das dúvidas qu'eu tive há algumas horas atrás, *toda esta merda qu'eu conto aqui aconteceu* e porque me encanta a possibilidade desta comunicação. De algum modo ela me dá esperança, sabe? Não sei do quê. De que s'eu levar o meu amanhã, uma parte de mim que vive noutro... *mundo*, vai saber qu'eu existi e morri num canto enlameado de um Brasil que nem é o seu.

Gostaria que o meu mundo fosse o seu, onde pelo menos existe paz. No seu mundo talvez o meu casamento tivesse dado certo e meu filho me conhecesse e o meu amanhã com mulher e filho fosse recuperável, planejável.

Mas não quero crer que minha existência seja uma ilusão – quem sabe um sonho solipsista que cê esteja vivendo neste exato momento, criando um outro mundo e outro papel pra você. Quero acreditar que existo, que minha vida vale alguma coisa e que as cicatrizes qu'eu tenho e as coisas qu'eu vi valem alguma coisa. Mesmo que meu mundo seja pior, eu quero viver.

Cê pode entender isso? Se eu tivesse que escolher, escolheria que o seu mundo perecesse – juntamente com você. Isso é justo? Talvez você seja uma parte de mim que eu não conhecia, mas que não posso viver sem. Cê acreditaria no inverso? Que precisa de mim? Talvez não...

Mesmo que cê exista, me sinto tão distante do que Carlos me contou de você. Cê não fez as coisas que eu fiz. Não teve que fazer. Nunca matou ninguém, ou mutilou. Coisas negras que são o vácuo que separa nós dois. E cada homem qu'eu mato sem hesitar, ou cada companheiro que vejo morrer ao meu lado, sem que na hora eu conceda a ele um mínimo pensamento, cada uma dessas coisas aumenta a escuridão entre nós, enchendo um reservatório dentro de mim com águas escuras e estéreis, ácidas como as que descem do planalto, alimentando a selva ond'eu luto. Sou fruto e escravo dessas águas. Você é livre delas. E ainda assim eu escolheria que seu mundo acabasse, se fosse forçado a escolher entre um e outro, porque desejo viver a vida que vier, mesmo que na escuridão. Pode me perdoar por isso?

Mas quem é você pra qu'eu deva me importar?

Quem é você?

Quem?

NOTA DE ROBERTO DE SOUSA CAUSO

Não vou perder tempo dizendo ao leitor que essas coisas são tão estranhas para mim quanto para você. Levei um bom tempo para tomar coragem e tornar público o conteúdo das fitas que meu amigo Carlos Palla trouxe da Amazônia para mim. O que fiz foi dar um formato menos oral ao conteúdo das fitas, corrigir as muitas redundâncias linguísticas que aparecem, mas tentando me manter o mais fiel possível ao que o meu "duplo" (vamos chamá-lo assim, pois partilho com ele a mesma hesitação em aceitar que há outro de mim vivendo uma vida totalmente diversa, em outra parte) disse. Quanto à sua veracidade, eu mesmo tenho dificuldade em aceitá-la. O Carlos é um brincalhão, mas é impossível vê-lo armando um embuste tão complicado. E ele diz que foi inquirido pelo Exército quanto aos danos sofridos pelo helicóptero em que voava. A voz na fita se parece com a minha, ouvida em uma gravação, mas a qualidade das fitas é tão ruim que ponho isso em dúvida.

Quanto às coisas que o Duplo diz, é de conhecimento público que o ex-presidente Jânio Quadros nutriu planos de invasão das Guianas. Se for verdade o que afirma o Duplo – e me espanta que eu sequer cogite disso –, o seu tortuoso relato oferece o vislumbre de um Brasil diferente do nosso, marcado pela presença de um conflito aberto interminável em suas fronteiras.

O Duplo relaciona uma série de diferenças do seu "continuum", com respeito à nossa realidade. Ao que parece, o presidente John F. Kennedy não foi assassinado em 1963. (Talvez a nossa invasão das Guianas o tenha afastado da fatídica visita a Dallas.) A Guerra do Vietnã não teria acontecido, ao menos com a mesma intensidade que conhecemos, provavelmente porque os americanos não poderiam dividir seu poder de intervenção militar com um foco de tensão logo ali, do outro lado do Golfo do México e do Mar do Caribe. Um outro fruto dessa zona de conflito que se tornou a América do Sul, para os interesses norte-americanos, ingleses e franceses, teria sido a sobrevivência da União Soviética – ao menos até a data da gravação e a menos que o Duplo tenha trocado "russo" por "soviético", em seu relato (o que parece pouco provável). Nesse "outro mundo", haveria um Mercado Integrado, que eu suponho ser um Mercosul ampliado e de surgimento precoce, motivado pelas mesmas pressões que o Duplo afirma terem criado o contexto de uma América do Sul mais unida política e militarmente.

No campo pessoal, há muitas coincidências. Meu irmão Antonio chegou a considerar o seu alistamento nos Fuzileiros Navais, mas terminou se tornando oficial do Corpo de Bombeiros da Polícia Militar do Estado de São Paulo (hoje, é capitão da Polícia Militar do Estado de São Paulo). Tadeu Vicente Callipo de fato serviu comigo em 1984, no mesmo 28º BIB *mencionado pelo Duplo (e a admiração que o Duplo demonstra por ele não supera a minha própria), hoje um batalhão de infantaria leve. Tadeu realmente teve a sua carreira abortada por uma medida burocrática sem sentido. Daniel Monteiro Costa é o nome "branco" do escritor Daniel Munduruku, que eu só vim a conhecer pessoalmente em 1996 (tendo escondido dele até agora o meu "prévio" conhecimento de sua pessoa). Por fim, uma vez fui apaixonado por uma moça que poderia, no mundo do Duplo, ser chamada de Meire (eu duvido que a Meire que eu conheço teria aceito meu pedido de casamento). Já o Causo de lá – onde quer que esteja –, parece ser um sujeito mais literato que eu, citando Guimarães Rosa (que eu só vim a ler em 1996), e também Jorge Luis Borges. Eu nem mesmo saberia dizer se Borges escreveu as coisas que o Duplo cita. De qualquer forma, em outro contexto, quem sabe o que Borges teria escrito?*

As armas que ele menciona existem. No nosso mundo, as armas leves do Laboratório de Projetos de Armamento Automático Ltda. (LAPA) não tiveram os seus projetos efetivados. E o sistema de armas Stoner perdeu a concorrência das forças armadas para o Colt M-16 (ao qual o Duplo se refere pela nomenclatura civil: AR-15). Talvez a criação da área de tensão sul-americana em 1962, época da concorrência, tenha motivado sua escolha, já que o Stoner é uma arma mais robusta e versátil que o M-16, em especial no ambiente tropical e úmido encontrado na floresta amazônica. O dado técnico mais estranho, contudo, é a suposição de que qualquer coisa como o "Experimento Filadélfia", aqui pertencente ao "folclore" dos ufólogos, tenha alcançado alguma operacionalidade no mundo do Duplo.

O "Experimento Filadélfia" diz respeito ao suposto "desaparecimento" do destróier norte-americano USS Eldridge, *que teria sido objeto de uma experiência de invisibilidade realizada no estaleiro de Filadélfia, Estados Unidos, em 1943. O que se suspeita é que o vaso de guerra teria sido envolto por algum dispositivo experimental eletromagnético de contramedidas eletrônicas que visava tornar o navio pouco receptivo ao radar inimigo, ou alterar a assinatura magnética do navio, a fim de melhorar suas chances contra minas e torpedos magnéticos alemães (atraídos, como imãs, contra o casco dos navios). Mas algo saiu errado, e os tripulantes teriam sofrido efeitos mentais e físicos inesperados, alguns falando de viagens no tempo, saltos no hiperespaço e homens transformados em fantasmas dimensionais. Um certo Carl Allen, ou Carlos Haende, seria o principal responsável pela associação do caso com a ufologia por relatá-lo no livro* The Case for the UFO, *de M. K. Jessup. Parece certo, apesar de tantas lendas circundantes, que realmente o* Eldridge *teria passado por um experimento secreto de "invisibilidade" (visual ou eletrônica). Se aqui o "Experimento Filadélfia" não vai além de mais uma das inúmeras lendas e mistérios inexplicáveis que fazem a alegria dos aficcionados por* OVNIs *e esoterismo, nada impede que no mundo do Duplo um dispositivo de camuflagem visual como o descrito no seu relato pudesse ter sido operacionalizado, mesmo que a partir de uma tecnologia que em coisa alguma se relacione com o* Eldridge. *De qualquer forma, o Duplo parece assumir que esse dispositivo seria o responsável pela ligação entre o seu continuum e o nosso.*

Depois de receber as fitas, cheguei a pesquisar – timidamente, por causa do insólito de tudo isto – os planos de Jânio Quadros (1917-1992) para a dita invasão. O Sr. Fernando Jorge escreveu um artigo sobre o assunto, "Jânio e a Invasão das Guianas", no D. O. Leitura *da Imprensa Oficial do Estado de São Paulo, edição número 132, de maio de 1993. No artigo, Fernando Jorge afirma que Jânio Quadros teria dito a ele as seguintes palavras:*

> [...] Eu cheguei à conclusão, desde os meus tempos de estudante, que as três Guianas nos pertencem, do ponto de vista geográfico, histórico, militar e estratégico. Uma delas, a Guiana Holandesa, como o senhor deve saber, hoje se chama Suriname [*mas não no mundo do Duplo*], cuja capital, Paramaribo, tem uma densa população de origem asiática, milhares de hindus, indonésios e chineses. Gente perigosíssima, sem escrúpulos, manobrada pelos comunistas.
>
> [...] Eu já havia combinado tudo com o marechal Odylio Denys, o meu ministro da Guerra. Ele concordou, estava a par de tudo. As nossas tropas iam receber

uma tunda, entre aspas, ali na fronteira com as Guianas. Por esse motivo, devido a essa afronta aos nossos brios, afronta entre aspas, realizar-se-ia a invasão daquelas terras, por tropas do Exército brasileiro.

Do marechal Denys, Fernando Jorge obteve o seguinte depoimento:

O presidente Jânio Quadros informou-me, certo dia, que conseguira obter, no arquivo do Itamarati, documentos inéditos sobre as Guianas capazes de provar os direitos do Brasil em relação à posse de largas extensões daquelas terras. Solicitou o apoio do Exército na reivindicação desses direitos.

O marechal Denys não menciona explicitamente o esquema admitido por Jânio Quadros a Fernando Jorge de forjar um incidente entre tropas das Guianas e do Brasil. Escrevi então para o autor, que me respondeu o seguinte, em 29 de agosto de 1994:

O ex-presidente Jânio Quadros me confessou, um ano antes de falecer, que ele ia ter o apoio da Argentina na invasão das Guianas. Quando as tropas comandadas pelo marechal Odylio Denys estivessem penetrando nas Guianas, a Marinha da Argentina efetuaria, de modo simultâneo, a invasão das ilhas Malvinas. Havendo a reação da Inglaterra, o envio da sua frota de guerra para o Atlântico Sul, ele, Jânio Quadros, obteria apoio dos Estados Unidos e dos países latino-americanos.

É o que me cumpre informar, mas não sei se isto é verdade ou o delírio de um megalomaníaco.

GLOSSÁRIO

Aeroespatiale Ecureuil: Helicóptero de origem francesa (sua fábrica atualmente tem o nome de Eurocopter), é fabricado no Brasil pela Helibrás e adotado pelas três forças armadas brasileiras.

Banzeiro: Chuva torrencial e repentina, característica da bacia amazônica.

BIB: Batalhão de Infantaria Blindada. O 28.º BIB fez parte da 11ª Brigada de Infantaria Blindada do II Exército.

BIM: Batalhão de Infantaria Motorizada. Uma unidade blindada vai ao campo de batalha em carros blindados; uma unidade motorizada vai em caminhões e jipes,

Cagar o pau: gíria militar que quer dizer fracassar, não cumprir as expectativas, não cumprir a missão.

CBTP: Sigla de "carro blindado de transporte de tropa".

Charrua: Um CBTP desenvolvido no Brasil.

Colt AR-15: Fuzil de assalto norte-americano, concebido por Eugene Stone, o mesmo criador do fuzil Stoner. A versão militar dessa arma foi adotada pelo Exército Americano como M-16. Dispara o calibre 5,56mm.

DShK: Metralhadora de origem russa e de uso universal, em calibre .50.

E. B.: Sigla de "Exército Brasileiro".

FAL: Fuzil Automático Leve, fabricado originalmente pela indústria belga Fabrique Nationale. É arma-padrão dos soldados do Exército Brasileiro, fabricado no Brasil sob licença pela IMBEL. Dispara o calibre 7,62mm.

FUNAI: Fundação Nacional do Índio. Órgão governamental brasileiro, encarregado dos assuntos indígenas.

LAPA FA M-3: Fuzil automático experimental produzido pelo Laboratório de Projetos de Armamento Automático Ltda., de São Paulo, segundo o conceito *bullpup* de armas compactas. Dispara o calibre 5,56mm.

Lapa SM M-2: Submetralhadora experimental produzida pelo Laboratório de Projetos de Armamento Automático Ltda., de São Paulo. Dispara o calibre 9mm.

Mil-Mi 8: Helicóptero de transporte de fabricação russa.

SIDA: Sigla de Síndrome de Imunodeficiência Adquirida, como é referida no mundo de fala portuguesa e espanhola. No Brasil do nosso continnuum, utilizamos a sigla AIDS, de *Acquired Immuno-Defficiency Syndrome.*

Stoner: Fuzil-metralhadora norte-americano, desenhado por Eugene Stoner e designado como Stoner 63, disparando o calibre 5,56mm.

Sumaúma: *Ceiba pentandra*, árvore da Amazônia, de tronco largo e de cor pálida, que chega a alcançar até 65 metros.

POSFÁCIO

Bem, chega uma hora em que, por mais divertido que seja vestir uma máscara, é preciso retirá-la.

É claro, eu nunca tive a ambição de *enganar* o leitor, mas sim de tê-lo como cúmplice em uma especulação sobre como seria a minha vida – e a de muitos outros homens como eu – se a história do Brasil tivesse tomado um outro rumo.

Eu parti da especulação de como seria a situação política e militar do país se, em 1962, Jânio Quadros tivesse conseguido realizar seus planos de invasão das Guianas na fronteira norte da Amazônia. Ao pensar que eu poderia muito bem estar envolvido no conflito resultante, me ocorreu a ideia de me incluir como personagem. A única coisa verídica na minha novela, a propósito, é a carta de Fernando Jorge respondendo à minha solicitação de mais detalhes do que Quadros lhe teria dito – e, é claro, o artigo do *D. O. Leitura* que primeiro capturou a minha imaginação.

Selva Brasil é um texto de ficção científica, especificamente do subgênero conhecido como "história alternativa" (de *alternate history*), muito praticado no mundo de língua inglesa, e no Brasil por Gerson Lodi-Ribeiro – que publicou o seu primeiro romance recentemente pela Draco – e uns poucos outros, como Roberval Barcellos. Na história alternativa imaginamos, justamente, o que aconteceria se a história como a conhecemos tivesse tomado um outro caminho. Eu suponho que, para a ficção científica e assim como no famoso poema de Robert Frost, o caminho mais interessante seja aquele "pelo qual menos se viaja". Imaginar o Brasil vivendo um estado de beligerância com algumas das grandes potências mundiais por causa da uma desastrada política com relação à Amazônia é uma tentação irresistível para um autor de ficção científica que, como eu, tem se dedicado a capturar algo do *ethos* militar brasileiro.

Trabalhar com esse *ethos* no Brasil não deixa de ser uma tarefa cabeluda, mesmo em um momento histórico em que as Forças Armadas são empregadas estrategicamente por um governo de esquerda, seja no exterior, seja no próprio território nacional. Eu servi por quatorze meses, em '84 e '85, em uma unidade de infantaria do Exército Brasileiro, e conservei algumas amizades de pessoas que serviram comigo ou que foram amigos de infância e que se integraram a diversas organizações militares. Algumas dessas pessoas são mencionadas neste livro.

Ter a mim mesmo como personagem cumpre diversas funções. Que ele mesmo assine o seu "depoimento" como Roberto de Souza Causo, com "z" no Souza – sendo que o meu é com "s" – é uma piada particular com as centenas de vezes em que o meu nome foi escrito dessa forma errada. Quando fui publicado na revista portuguesa *OMNIA*, em 1991, apareci como "Roberto de Souza Causo", "Roberto de Sousa Cauzo", e, finalmente, "Roberto de Sousa Causo". Eu também desconfio que tenho um *duplo* andando por aí. Quando eu cumpria o meu serviço militar, a unidade em que eu servia acolheu corneteiros de várias unidades da 11ª Brigada de Infantaria Blindada, que vieram fazer um curso. Um desses corneteiros cismou que eu era o sujeito em cujo fusca ele havia batido com sua moto, na cidade de Descalvado. Não só eu não dirigia na época, como ainda hoje não faço ideia de onde fica Descalvado... Em outras ocasiões pessoas me disseram que eu era *exatamente* igual a um conhecido delas, e certa vez o escritor de FC Leonardo Nahoum me ligou em casa, perguntando o que eu queria conversar e que não conseguira durante o *show* de *rock* que ele ajudou a organizar no Rio de Janeiro, na semana anterior. E pra explicar a ele que fazia um tempão que eu não ia ao Rio?... Então, se houver um duplo meu, de uma dimensão paralela em visita a esta, esta história é em sua homenagem.

Alguns críticos e especialistas em ficção científica não acreditam que apresentar uma variante especulativa da vida de uma pessoa em particular faça parte do subgênero história alternativa, a menos que essa pessoa tivesse um impacto maior na História com "H" maiúsculo, a história que estudamos na escola. Assim, narrativas de ficção que imaginam que Fidel Castro aceitou o convite que recebeu para ir aos Estados Unidos jogar beisebol, em vez de ficar em Cuba e armar uma revolução, seriam parte desse subgênero. Por outro lado, uma narrativa em que o crítico de *rock* Lester Bangs tem um outro destino, diferente do conhecido, não seria. Bruce Sterling escreveu exatamente essa história, o conto "Dori Bangs". Quando Sterling esteve no Brasil em 1997, para a V InteriorCon, uma convenção de FC que organizei na cidade de Sumaré, no interior do Estado de São Paulo, eu reproduzi esse argumento, ao que ele respondeu, com o seu jeito característico: "É claro que é uma história alternativa. É uma história alternativa *pessoal*." *And that's that.* E também é, claro, uma história alternativa do *rock* americano.

Selva Brasil é uma história alternativa pessoal – ao mesmo tempo que fornece um instantâneo de uma conjuntura política que atingiria a vida da maioria dos brasileiros. Afinal, a história dos grandes fatos e dos grandes movimentos humanos é vivida individualmente por *pessoas*, antes de ser analisada e interpretada pelos historiadores.

Selva Brasil teve o se primeiro rascunho escrito em 1993 ou por aí, época em que produzi uma trinca de novelas de ficção científica ambientadas na Amazônia. As outras foram: *Terra Verde*, uma das cinco classificadas no III Festival Universitário de Literatura, patrocinado pela revista *Livro Aberto* (que não existe mais) e pela Xerox do Brasil; e *O Par: Uma Novela Amazônica*, que foi premiadao na categoria de Melhor Texto no 11.º Projeto Nascente, da pró-Reitoria de Cultura da USP e do Grupo Abril de Comunicações. *Terra Verde* foi publicada pelo Grupo Editorial Cone Sul, em 2000, e *O Par: Uma Novela Amazônica*, em 2008 pela Associação Humanitas, associada à Faculdade de Filosofia, Letras e Ciências Humanas da USP, com introdução do

Prof. Osvaldo Ceschin, da Faculdade de Letras. *Selva Brasil* ficou na gaveta, aguardando o melhor momento para sua publicação – já que este é um truque que só dá para usar uma vez –, momento que parece haver chegado, agora que a situação da ficção científica e fantasia no Brasil deu um imenso salto em número e variedade de publicações.

Eu conto tudo isso porque outros livros já apareceram em que um recurso semelhante é usado, e não quero que pensem que fui influenciado por eles. Penso especificamente no romance de Philip Roth, *Complô Contra a América*, de 2004, no qual o próprio Roth aparece como personagem. Esse também é uma história alternativa, em que os Estados Unidos deixam de entrar na II Guerra Mundial (Franklin Delano Roosevelt perde a eleição para o herói da aviação Charles Lindberg, conhecido por sua visão racialista da política) e terminam por abraçar uma política abertamente antissemita. Antes de lançar esse romance, Roth já havia declarado que "criar falsas biografias, história falsa, urdir uma existência semi-imaginária a partir do drama real da minha vida, é a minha vida". Não chego a esse extremo, mas a postura literária de Roth deixa claro que a pessoa só possui um relacionamento completo com a sua existência e com o mundo a partir da integração de algum componente especulativo, que investigue o que é a partir do que poderia ter sido.

Eu espero que, quando o meu duplo pergunta "Quem é você?", que o leitor entenda essa pergunta dirigida também a *ele*, leitor. Quem somos nós, quando as conjunturas formativas de nossas vidas são diferentes? Quem somos nós, em relação a um contexto em que viveríamos em guerra permanente?

E ainda: o que fazemos com a paz de que desfrutamos? Afinal, o Brasil sem guerras ainda é um dos países mais violentos do mundo, com conflitos no lar, na cidade e no campo. Espero que essas questões levem o leitor a refletir sobre como ele experimenta a história do Brasil e da América Latina hoje, e a questionar quem ele é, a partir da imaginação de quem poderia ter sido.

R. S. C.
São Paulo, dezembro de 2009.

Este livro foi impresso em papel pólen bold
na Renovagraf em Junho de 2019.